河出文庫

人生讃歌

小檜山博

河出書房新社

人生讃歌　＊　目次

I　人生の旅路

また春がくる　12
結婚式　16
親の呼び方　20
東京九年　24
古い日記　32
熱い背中　36
遊びで忙しく　40
ぼくは家族　44
読めない字　48
空腹　52

見舞いにて 56
サイン会で 60
ぼくの健康 64
カラオケ好き 69
腕時計 73
老化とは何か 77
夫婦喧嘩 81

II 愛ある人生

前借り 86
廊下で 90
リンゴ 94

優しい人たち 98
アルバイト 103
握り拳の中 107
一人旅 111
暑い日 119
自炊 123
十五の春 127
理髪の記憶 131
恩師 135
思いやり 139
雪の大晦日 144

後ろ姿へ 148
ぼくの兄貴 152

Ⅲ 贅沢な人生

家事はむずかしい 158
ある読者 162
釣り銭 166
口笛が出る日 170
履歴書 175
文学青年 179
珍味について 184
帰ったあと 188

回転寿司 192
十円札、百円札 196
修学旅行記 200
五十年後 209
風呂で 213
ぼくの贅沢 217
四時間半 221
酒が生きがい 225

後記 230
文庫版後記 232

人生讃歌

Ⅰ　人生の旅路

また春がくる

うちで飼っている母馬から生まれた子馬に、父はアオと名付けた。毛並みが黒光りする馬をアオと呼ぶからだった。ぼくが十一歳のときだ。

アオは生まれるとすぐよろけながら立ち上がり、折れそうに細い脚でふらふら歩いて母馬の乳房を探した。それを見ながらぼくは、がんばれ、がんばれと思った。その日からぼくはアオを友達にした。

学校から帰ってくるとすぐ首に抱きついたり背中を撫でてやったり、いっしょに草っ原を走り回って遊んだ。子馬のアオはぼくが小学五年の子供とわかるのか、ぼくの背中を鼻先で小突いたり手を軽く噛んだりしてふざけるのだった。

二歳になったアオに、父はおとなにするしつけと訓練をした。手綱《たづな》をつけるため口に轡《くつわ》という金具を噛み入れるとアオはいやがって暴れ回ったが、父に顔や体を叩かれやがておとなしくなった。

背中に人が乗るのを慣れさせるために初め鞍《くら》だけ乗せたが、アオはいやがって跳ね回って鞍を振り落とした。だが父に怒られ叩かれたあげく、しぶしぶ背中に鞍を置かれるのを諦《あきら》めた。ぼくは見ていてアオがとても可哀想でならなかったが、おとなになるんだから仕方ないべとも思った。

三歳になるとアオは馬具を身につけて馬橇《ばそり》をひいたり、プラウを引っぱって畑起こしをしはじめ、うちの家族はとても助かった。

馬での畑仕事がない日とか雨の日など、アオを運動に連れて行くのはぼくの役目だった。ぼくはアオに乗るとき鞍をつけなかった。背中にあんな窮屈な物を乗っけるのはアオがいやだろうと思ったからだ。

初めアオはぼくが背中に乗ると、子供だとわかるのか馬鹿にして歩こうとしなかった。父が「こら、ちゃんと歩け」と言って尻をポンと叩くとアオは仕方なさそうにのろのろ歩き出すのだった。

ぼくは裸馬《はだかうま》にまたがり、手綱だけを握って走らせる。アオが走るとぼくの尻が飛びはねて体が空中に浮き上がって馬から落ちそうになったが、とにかく手で馬の鬣《たてがみ》と手綱にしがみついてこらえた。

しかしやはり鞍をつけないため、ぼくは走っているアオからたまに落ちることがあった。ぼくが道路に落ちて背中を打ち、立ち上がれないで横たわっていると、アオは十メートルほど走ったところで立ちどまり体を回してぼくを見る。

それからゆっくり戻ってくると、倒れているぼくの背中を鼻先で小突いた。それは「大丈夫か、起きろ」と言っている感じだった。ぼくはアオの首にしがみついて立ち上がった。


ぼくは十五歳になり、中学を卒業したら山奥の作業員宿舎へ丸太切りの出稼ぎに行くことになっていた。しかし担任の先生がきて父に、ぼくを高校へやるように言ってくれたり、ぼくも家族に土下座をして泣きながら頼んでやっと高校へ行かせてもらえることになった。

ぼくは普通高校へ行きたかったが、父は就職率のいい苫小牧《とまこまい》工業高校以外の高校へは行かせないと言い、ぼくは父の命令に従った。

ただ、汽車で十二時間もかかる苫小牧の寄宿舎生活でのおカネをどうするかでもめたあげく、うちに三頭いる馬のうちの一頭を売ることになった。その一頭に父は高い値段で売れるからとアオを選び、ぼくは息が詰まった。だが何も言えなかった。

アオが売られて行く日は春近くで、太陽の光が金色になりはじめていた。馬を売買する商売の人がきて父におカネを渡し、アオの手綱を持つ。母が売られてゆくアオの首を抱いて泣きながら「向こうへ行っても達者でな」と言った。そのときアオの眼から、ひとしずくの涙がすべり落ちるのを、ぼくは確かに見た。

　連れられて行くアオを家族で見送った。


　一週間ほどたった真夜中、馬小屋のほうで壁の板を軽く打つような音がして外へ出てみると、アオだった。馬具も何もつけない裸で、山を二つ越えた二十キロも先の村から逃げ帰ってきたのだった。汗をかいていた。半狂乱になった母が父に「アオを売るのをやめてくれ、カネ返してやれ」と泣き喚《わめ》いたが、父は無言だった。

　次の日、迎えにきたアオの新しい馬主に連れられ、アオは家から遠ざかって行った。ぼくはアオの後ろ姿が山の陰に消えるまで見つづけた。

　その後ぼくは二度とアオに会うことはなかった。

　ぼくはアオを売ったおカネで高校へ入ることができ、卒業し、やがて小説家になった。

　春がくるたび、ぼくの脳裏に山陰に消えて行ったアオの後ろ姿が浮かび出る。

　そしてまた五十九回目の春がくる。

結婚式

　昨年、三十四歳になる娘の式部《しきぶ》が連れてきた男友達が、ぼくと妻に、お嬢さんと結婚させてほしいと言った。六つ年下で安倍雄也《ゆうや》という名前だと言う。見るとなかなかの好青年だ。ぼくは即座に承知した。よし、うまくいった、と思う。

　ここ七年ほど前から、言葉には出さなかったが、娘がこのまま五十歳、六十歳まで結婚しなかったらどうしよう、とにかく早く嫁に行ってくれと思いつづけてきたのだ。娘をもらってくれる人なら相手なんか年下だろうが再婚だろうが、真面目に働いて食っていく男であれば誰でもいいとさえ思っていたのだ。時代遅れの乱暴な父親だが正直な気持ちだった。

　結婚式の話になり、いいかげんな人間のぼくは「夫婦が仲よくやっていけばそれでいい。式にかけるカネは旅行か家財道具に使え」と言った。しかしぼくの妻は「式だけはして写真を撮って」と言う。理由はわかっていた。昔、小学五年生だった娘の式部に「お母さんたちの結婚式の写真を見せてよ」と言われたからだ。そのとき妻は一瞬、絶句したあと「写真ないのよ」とうつむいたのだ。

四十数年前、東京にいたぼくがだらしなかったために、いまの妻に家出させ結婚式もせず籍だけ入れていっしょになったのだ。


ことし二〇〇八年の一月一日、ぼくらはイギリスへ出発した。安倍雄也さんが留学していたロンドンで彼と式部の結婚式をすることにしたのだ。出席者は本人たちと両方の親と雄也の伯母《おば》の七人だけだった。

結婚式当日の一月五日、ロンドン市内の八百年つづくという城のような石造りの教会へ行く。ぼくら男は礼服、妻ら女は日本から持ってきた和服を着た。教会内にはぼくらと神父、カメラマンを含めて十一人だけしかいない。

やがてぼくが娘とバージンロードを歩くということで呼ばれ、怯《おび》えで体が震える。誰かが、父親は娘の結婚が決まると夫になる男を殴りたくなるとか、娘と腕を組んで歩けるなんて、こんな幸せはないとか言っていたけど、彼らの頭はおかしいのではないかと思ったものだ。だいたい貧乏な炭焼《すみや》き小屋に生まれて七十歳になった老人に、バージンロードが似合うだろうか。考えただけで恥ずかしく、逃げ出したい気分だ。

しかし娘が嫁に行くのだ、ここは我慢だ、と思う。

ところが遠くに真っ白いウエディングドレス姿の娘が見えた瞬間、信じられないことが起こったのだ。ぼくの眼の奥が熱くふくれ、静かに涙があふれ出てきたのだ。これは何だ、どういうことだ、と慌《あわ》てて顔を伏せる。

祭壇に向かい、神父の後からぼくは娘と腕を組んで歩き出す。軽い目眩《めまい》がして足がもつれかける。笑いたいような泣きたいような妙な気分だ。祭壇に着き、待っていた花婿に娘を押しやるとき二人に「一生、離れないように」と言う。突然、口から出た言葉だった。

祭壇を背にして立った神父の前に花婿と花嫁が並んで立ち、式がはじまる。神父が英語で語りかける。要は富めるときも病めるときもお互い助け合って末永く連れ添ってゆくようにという意味らしい。花婿と花嫁が誓いの言葉を言い、指輪をはめる。

結婚したという署名を終えたあと神父と新郎新婦が再び祭壇に立つ。神父がぼくと妻を招き、ぼくは祭壇前へ歩きながら、そうか日本と同様、新郎新婦から両親に感謝の言葉を言うんだ、と思う。妻とぼくが神父の前に立ち、神父の横に立った娘夫婦がぼくらを見ていた。

そのとき神父が、これからコヒヤマヒロシとカヨコの結婚式を行うと英語で言ったのだ。これには驚いた。驚いて息が詰まった。何だ、これは、と思う。

それから先ほどの娘たちの式とまったく同じ順序で、ぼくと妻の結婚式が行われたのだ。神父に「あなたはこの人と富めるときも病めるときもいっしょに歩んで行きますか」と問われ、ぼくらは英語で「そうします」とこたえる。声が震え、かすれた。やがて神父はぼくと妻の手を握らせ、その上に自分の手を重ねて置き、着ている法衣《ほうい》の前に垂れている細長い布で三人の手を十字の形に縛って結んだ。神父が何か唱える。言葉はわからないが意味はわかる気がした。

神父にうながされて神父の足元に跪《ひざまず》くとき、ぼくは強い目眩に襲われてよろけた。神父がぼくらの頭上に手をかざして何ごとか唱えたとき、いきなりぼくの体の底から熱い激情がほとばしり、眼から噴き出た涙が太い棒になって膝へしたたり落ちたのだ。こらえてもこらえてもとまらなかった。

そのとき耳に娘の号泣《ごうきゅう》が聞こえたのだ。花嫁姿の娘が大声で泣いていた。ぼくは動転の中で、娘夫婦がひそかにぼくら親の結婚式を計画してくれたことを悟った。

こうしてぼくと妻は、いっしょになって四十数年目、七十歳と六十二歳になって結婚式をあげることができたのだった。

なんだか娘を嫁にやりたくなくなってきた。

親の呼び方

ぼくは小さいときから父と母を「父《とお》ちゃん、母《かあ》ちゃん」と呼んできた。ぼくが生まれたとき父母はまだ山の中腹で炭焼《すみや》きをやっていたし、炭焼きをやめて農業をはじめても借金だらけの貧乏だったから、親は子供のぼくらに父ちゃん母ちゃん以外に呼ばせようがなかったのだろう。

何よりも福島県に生まれて尋常《じんじよう》小学校しか出ず、十六歳で結婚して北海道へ出稼ぎにきた父と四つ年上の母の二人には、自分らのことを子供に「お父さま、お母さま」と呼ばせようなど思ってもみなかったに違いない。

ぼくの家は電気もきていない山奥の、一つ家に馬と人間が一枚の板壁を隔てただけで同居している荒屋《あばらや》だったし、四人の兄と姉もみな親を「父ちゃん、母ちゃん」と呼んでいたから、ぼくも大声で呼びまくった。また村の百軒近くある農家の子供らみんなが親を「おとう、おかあ」か「父ちゃん、母ちゃん」と言い、「父さん、母さん」

と呼ぶのは二、三軒の子だけだったから、ぼくはまったく引けめをおぼえなかった。

一九四五年六月、日本が第二次世界大戦に敗《ま》ける二カ月前、空襲で焼け野原になった横浜から一組の上品な家族が山奥のぼくらの村へ疎開してきた。その家族にぼくと同じ小学二年生の男の子がいた。

転校してきたその男の子の、品がよくて頭のよさそうな顔立ちと服装を見て、ぼくらは飛び上がった。上着とズボンが揃《そろ》いの背広みたいな服で、ちゃんとランドセルを背負っていたのだ。村のぼくらは兄や姉のお下がりの服に、ランドセルなど持ってなくて、ほとんどが自分の家で南京袋《なんきんぶくろ》や澱粉袋《でんぷんぶくろ》をこわして作ったずだ袋なのだ。

そして彼が弁当に持ってきたのが、ぼくが初めて見るパンという食べ物だった。狐《きつね》色《いろ》に焼けたふっくらした円いパンを見て眼が飛び出そうになった。ぼくらはそのパンが食べたくて、自分の弁当の焼きトウキビを無理やり彼に押し付け、奪うみたいにパンを取って食べた。

うまかった。都会の香りがした。世の中にこんなうまい物があるのかと、山ザルじみたぼくらは背中を叩き合って騒ぎ回った。

何よりも驚いたのは、彼が話の中で自分の両親のことを「お父さま、お母さま」と呼んだことだった。これにはたまげた。本の中ではなく、実際に親をそういうふうに呼ぶ人を眼の前に見て、ぼくはひどいショックを受けた。彼は優しくて礼儀正しく、勉強もできた。

半年後、彼が横浜へ帰ったとき、ぼくはちょっと泣きそうな気持ちになった。

その後もぼくは相変わらず親を堂々と「父ちゃん、母ちゃん」と呼びつづけた。中学生になると、よそのおとなや先生には自分の親を父母《ちちはは》と言うようになったが、直接、親に向かっては「父ちゃん、母ちゃん」と言いつづけた。

八人家族で寝る部屋も蒲団《ふとん》もないため、ぼくは五歳から中学一年までの十年近く、父と一つ蒲団に寝た。いつも夜中、ぼくが蹴飛ばした掛け蒲団を父が掛けてくれているのを感じた。

小学生のぼくが鎌での麦刈りや殻竿《からざお》での大豆落としを手伝うとき、父はいつもぼくの近くにいた。裸馬《はだかうま》への乗り方も父が教えてくれたし、高校への入学式にも父は汽車で十二時間かかる苫小牧《とまこまい》までついてきてくれた。ぼくがつらいとき、いつも父はそばにいた。

ぼくは高校生になっても「父ちゃん、母ちゃん」と言いつづけ、やがてひとり立ちして都会に就職してからも、たまに実家へ帰ると「父ちゃん、母ちゃん」と呼んだ。少しも恥ずかしくなかった。それを口にすると、しばらく離れて暮らした親との距離と時間が一気に消滅し、生まれてからずっといっしょにいたような温かい気持ちになったのだった。つまりは幼稚だったのだろう。

三十歳近くになっても、父母を「父ちゃん、母ちゃん」と呼んだ。ちょっぴり照れくさく、きまり悪かったが、ほかに言いようがなかった。「おやじ、おふくろ」は他人じみていやだったし、いまさら「父さん、母さん」もかしこまった感じがし、やはりぼくにとって親は「父ちゃん、母ちゃん」だった。

けっきょくぼくは三十三歳まで親を子供のときからの呼び方で通したが、息子が生まれたのをきっかけに父母を「じいちゃん、ばあちゃん」と言いはじめた。その呼び方のときから、もう親に向かっての呼び方ではなくなったのを感じた。それ以後ぼくは、再び両親を「父ちゃん、母ちゃん」と口にすることはなかった。

それから二十年近くたち、父は肺ガンで死んだ。八十五歳だった。火葬場で父の入った柩《ひつぎ》が鋼鉄の扉の中へ消えてゆくとき、ぼくは突然、五十二歳の自分の口の奥から「父ちゃん、さいなら」という声が噴き出るのを聞いた。

東京九年

ろくに能力もないのに物を書くことに取りつかれた人間は悲惨だ。ぼくのことだ。初めて小説らしき物を書いたのは高校二年のときで、「通り風」という短編だった。もちろん作文に毛の生えたような幼稚なものだったが、それが学校の機関誌に載ってぼくは気をよくし、卒業までに四つの小説を書いて載せた。

札幌にある新聞社に就職し、二十歳のとき給料すべてをつぎ込んで「忍冬《すいかずら》」という同人雑誌を出して下手な小説を載せたが、おカネがなくて三号でつぶれた。一年後また「創人《そうじん》」という同人誌を出すが資金不足で二号でつぶれる。

それで北大の教授が出していた雑誌「らんぷ」に入れてもらって小説を書いたり、勤め先の部内で出していた機関誌「輪」に四本の小説を書いたが、どれもこれも未熟なものばかりだ。

二十四歳のとき東京支社へ転勤、嬉しくて天にも昇る気持ちだった。東京へ行けばいい小説が書けそうに錯覚していたのだ。いまから五十年前の、愚かで浅はかな考えの自分が見えてきて愕然とする。

初めは京王線の調布のぼろアパートに住んで銀座七丁目の並木通りにある勤め先へ通《かよ》ったが、その後、西武池袋線の江古田《えこだ》、渋谷区笹塚の安アパートと移り住む。

勤務が昼間のとき、ぼくは夕方六時から新宿の喫茶店「田園」や「らんぷ」「上高地《かみこうち》」で三時間ほど原稿用紙を広げ、ぼやっと過ごすか、やっと五、六行書くかしたあと歌舞伎町のぼろ屋台で夜中まで飲んだ。勤めが夜勤のときは昼ごろ起きて新宿へ出、定食屋で安い飯を食い、喫茶店で原稿用紙を広げるがろくに書けもせず、煙草《たばこ》ばかり五十本も吸って過ごし、夕方の六時に会社へ出る。早朝の三時まで勤めたあと会社の宿直室で四時間寝、次の日の午前中仕事をして昼に退社し、新宿の喫茶店で眠ったり本を読んだり書いたりしたあと、夜また酒。

東京へ行って間もなくぼくは「文芸首都」や「小説と詩と評論」に参加したりしたが、やがて自分で十人ほどを集め「孤城《こじょう》」という同人誌を発行した。

それで三万円足らずの給料のほとんどが雑誌発行に消え、アパート代が払えず食事も一日一食だったりした。煙草代に困り、毎月のように会社の経理へ行って頭を下げ給料を前借りする。

どうしてそんなにまでして誰も読んでくれない小説なんか書いたのか、わからない。文学賞など夢のまた夢で自分とは無関係と思っていたし、小説を書いて食べていく気などさらさらなかったし、何よりも自分にそんな才能があるなどまったく思ってもいなかった。

と言うといかにも謙遜ぶった控えめな奴と思われそうだが、そうではない。ぼくは小さいときから劣等感まみれの引っ込み思案で、何にたいしても自信がなく育ってきたからなのだ。じゃあなぜ小説なんか書いていたかというと、ただ書かないではいられなかったからとしか言いようがない。

本心を言うと、たった一つの夢があった。一生に一回でいいから文芸雑誌の「新潮」か「文學界」か「すばる」「文藝」「海」のどれでもいい、一編だけ自分の小説が掲載されることができれば、もう死んでもいいと思っていたのだ。

東京へ住みはじめて二年目ころから体の具合が悪くなった。どこがどう悪いというのではなく常に風邪《かぜ》ぎみで頭痛がし、すぐ扁桃腺が腫《は》れて熱が出た。初めは寝不足か酒の飲み過ぎかと思い、何日か酒をやめて寝ていても治《なお》らない。

医者によって診断が違い、ただの風邪だから注射して薬を飲めばいいと言うのや、すぐ扁桃腺を切るべきだと言われたり、別の病院では神経性蓄膿症だから手術したほうがいいと言い、ほかの医者には、要はあんたには東京の水が合わないのだから田舎へ帰ったほうがいい、と笑われた。

同人誌「孤城」に、ぼくは毎号、下手な小説を書いたが作品には何の反響もなかった。雑誌にカネがかかり、服も靴も下着も買えなかった。

ある夜も新宿西口の山手線のガードわきにある行きつけの屋台へ行った。カウンターに五人しか座れないママ一人でやっている店で、客は三十歳くらいの男一人だけだった。カウンターに雑誌「新潮」が置かれてある。ママが目次を開いてぼくに見せ「この名前の人がこの方」と男を紹介した。その男は少し前、ある文学賞をもらった作家で、ぼくも知っていた。目次の男の名の横に水上勉や吉行淳之介という大作家の名前が並んでいたのだ。

ぼくは一瞬、激しい目眩《めまい》に襲われて顔を伏せた。うらやましくて、泣きそうになった。

それから五日後、ぼくは四十度の高熱を出して救急車で練馬病院へ運ばれ、扁桃腺を切って十日間入院した。二十六歳だった。

このころアメリカのケネディ大統領が暗殺されたりプロレスの力道山が刺されて死亡する事件が起き、気が滅入った。

次の年、東京オリンピックがあってまわりは騒然としていたが、ぼくの心は沈んだままで、気が向くと川端康成の「伊豆の踊子」をたどって伊豆半島を旅したり、堀辰雄の「風立ちぬ」の軽井沢の風景を見に行ったりした。またシャンソンなどわかりもしないのに、パリから帰ってすぐの金子由香利が歌うアポリネールの「ミラボー橋」を聴きに、銀座の「銀巴里」へ行った。ぼくはアポリネールの詩に心酔していた。「銀巴里」では高英男が歌う「雪の降る町を」も聴き、北海道を思って少し泣いた。

あるとき渋谷の居酒屋で北海道出身のぼくと同年配の男と知り合い、酔って喋《しゃべ》っているうちに北海道出身者の若者の会をつくろうということになった。当時、北海道から東京へきて成功した四十歳くらい以上の経営者や政治家などの「北海道倶楽部」というのがあったが、それとは別に二十歳から四十歳あたりの若い人で集まろうというものだ。

二カ月後、東京で働いたりしている三百五十人ほどの北海道出身の若者が渋谷のビアホールに集まり、「新北海クラブ」というのを結成した。会長は初めに思い付いた者がやれということで、ぼくに押し付けられた。会の趣旨は「われわれはかつて本州から北海道へきて開拓した先祖の開拓者魂を受けつぎ、いま東京開拓民としてがんばろう」という、いま思うと顔から火が出るくらい幼くて恥ずかしい宣言をしたものだ。理想に向かおうと意気込む若さは凄いが、冷静さが見えないということで若さは恐ろしい。

集まった若者の三分の二が男で三分の一が女、だいたいが東京で働いている独身者だった。寿司職人、薬剤師、工場や印刷所の工員、公務員、看護師、図書館員などいろいろな職業だったが、中に三十歳のヤクザもいた。ぼくはたまに彼と二人で酒を飲んだが、彼は小声で身の上話をしては静かに涙を流した。

自分で出していた「孤城」が資金不足でつぶれたあと、ぼくは大宮で出ていた「新《しん》波《なみ》文学」や渋谷の「蕗《ふき》」、高円寺の「筆《ふで》」などの同人誌に参加して何作か書いたが、どれも世の中への不平、自分への苛《いら》立《だ》ちが見える作品で、いい出来であるはずがなかった。

昭和四十二年二月、三鷹《みたか》台《だい》のアパートへ移り、昭和四十三年六月十八日、長野県松本出身の女性と結婚、入籍したがぼくのだらしなさで結婚式をあげることができなかった。

「新北海クラブ」は四カ月に一回集まって交流をし、会報も出し五年つづけたが、ぼくが札幌へ転勤になったあと自然消滅の方向になったと聞いた。しかしこのときの会員の中から、たくさんの経営者や東京都の区議会議員などが出たのだから、あれはまさに東京開拓民の会だったと思う。

昭和四十四年九月十七日、九年間、過ごした東京から転勤で札幌へ戻ったあと、「札幌文学」や「北方文芸」に小説を書きつづける。

東京にいた間ずっと悪かった体調は、札幌へ帰って二カ月たつと嘘のように良くなった。やはりある医者が言ったように、滝上《たきのうえ》の山奥で育った雑草であるぼくには大都会・東京の水が合わなかったということなのだろう。

三十六歳のとき同人誌に書いた「低いままの天井」という短い小説が、昭和五十年一月号の「文學界」に転載された。文藝春秋の編集部から電話で掲載を知らされたとき、ぼくは息が詰まってしゃがみ込んだ。かつてぼくが、これが実現したら死んでもいいと夢見ていた文芸雑誌の一つに自分の作品が載るのだった。

送られてきた「文學界」の目次を開くとき、体じゅうが震えた。ぼくの名前があった。同じ目次に並んでいるのは舟橋聖一、尾崎一雄、河野多恵子、庄野潤三、深沢七郎、安岡章太郎、中里恒子、井上光晴、河盛好蔵と、みんな雲の上の人で、その中にぼくの名前があるのだった。そしてぼくの作品も名前も、ほかの大作家と同じ大きさの活字なのだ。

一瞬ぼくは激しい目眩に襲われ、気を失いそうになった。

その夜ぼくは神棚に掲載誌と酒とおそなえ餅を上げ、その下で妻と二人で泣きながら酒を飲んだ。

古い日記

小学生の少年を主人公にした小説を書くため、ぼく自身の十二歳のときの日記を引っぱり出してみた。第二次世界大戦が終わって三年くらいしかたっていないころの物のないときで、ざらざらした黒ずんだ紙の雑記帳に鉛筆で書いた日記だ。

字が下手なうえ、小学六年生だから漢字を使うのはいいが誤字が多く、「植える」を「直へる」とか「発動機」を「発動気」、地名の「紋別《もんべつ》」を「文別」とさんざんだ。毎晩、寝る直前に半分、眠って書いたにしてもひど過ぎ、やっぱり俺は馬鹿だったんだ、と思う。

しかし誰かに見せるために書いたわけではないので、気持ちの素直さが出ている部分はまあまあだし、とにかく毎日々々、一日も欠かさず書いているのは、いまのぼくよりずっと真面目だ。

昭和二十四年十月二十七日、晴。今朝起きたのは四時半だった。風が強く吹いていた。家畜の世話をして学校へ出かけた。ほうそうをし、ぜにを十円だした。昼からは校長先生が自分でかってるブタの金《きん》ぬきをするのを見た。（金ぬき＝去勢《きよせい》すること）

十月二十八日、くもり。学校で野球をしていると、戸村のガキが、わたなべのかずをを地べたへたたきつけた。昼から長ぐつのくじびきがあったが僕はあたらなかった。（戸村のガキとは先生のこと。僕は怒りのため先生のことを「ガキ」と書いたものだ。かずをは生徒）

十一月六日、晴。日曜でまきを割った。それから石を綿にくるんで野球のボールをつくった。十一時に家にはいって勉強をした。昼からはまきを十本きった。夜は馬の草を切って家にはいると五時だった。六時にねた。

十一月十二日、晴のちくもり。今朝起きてみると日光が茶の間いっぱいにさしていた。学校から帰って大豆落としをし、ぞうきんがけをし、ふろをたいた。

十一月十四日、雪のちくもり。今朝起きて畑を見ると一尺いじょう雪がつもっていた。たんがつまって僕はせきばかりした。学校から帰って来てスキーにのった。すると母ちゃんに「風（風邪《かぜ》）をひいてるのに」とおこられた。

十二月十三日、晴のちくもり。今朝、ねえちゃんがいないので僕が朝起さしてごはんをたいた。今日とくべつしばれた。しかし十二月になってもまだね雪にならない。学校から帰って家畜のせわをし「すがたなきかい人」をよんだ。夜、僕はラジオで「むこうさんげんりょうどなり」をきいてねた。五百三十八回だった。

十二月十六日、雪。学校で家庭科の時間にあみものをした。だいぶあめるようになった。帰ってくるとき高森君が僕のあたまを木のえだでなん回もたたいた。帰ってきて山からばそりでまきをはこんだ。夜、かぼちゃだんごをたべた。かりてきた絵本をよんだ。

十二月十九日、くもりのち雪。今日はべんとうのおかずに、みそをもっていった。学校で戸村先生にせいようし（西洋紙）をくれといったら、戸村はこまっていた。帰ってくるとき高森君がはんしょう（半鐘）の上までのぼったら五円やるといったが、僕はのぼらなかった。六時半にねた。

十二月二十二日、小雪。学校からの帰り、僕は小谷君に、そり（橇《そり》）を三十円でうった。帰ってから僕はまちへこうじ（麴）やとうふやでんち（電池）やはんし（半紙）などをかいにいってきた。帰ってでんちをいたずらしていると沢田のかずが、でんちのがわ（懐中電灯）を持ってきたので僕は十五円でかった。

十二月二十三日、あらし。今日はとてもしばれた。学校へいくと小谷君が僕に、きのうかったそりをかへすと言った。僕は二十五円でかってやるといったら、それでいいといった。学校でかきぞめのけいこをした。大そうじをした。友だちから本を五さつかりてきた。

十二月二十八日、大雪。今朝起きるとものすごいふぶきで雪が山のようにつもっていた。それで僕も雪はねした。ブタとめんよう（綿羊）にえさをやり、茶の間と台どころのぞうきんがけをした。僕の家は今日もちをついた。夜おそく兄さんが山のでかせぎから帰ってきた。とてもよっぱらっていて、夜中にはいていて、しんぱいだった。

十二月三十一日、雪。今日、父ちゃんがみかんを五はこかってきた。僕は野球かるたとピンポンをかってもらった。夜、僕は千葉さんと片岡さんへ父ちゃんのかわりに、かりていたおかねを返しにいってきた。帰るととしとりがはじまってみんながおぜんにすわり、父ちゃんや兄さんがどぶろくをのんだ。それをみて僕はとてものしかった。

十二歳のときの日記を読んでみて、ぼくはその後の六十年間、少しも成長していないのを感じる。多くの欲望に追《う》い回され、生き方に迷い、愚かに老いてしまった。老いてはしまったが欲も苦悩も失せたから、老いが楽しい。

熱い背中

ぼくがときおり思い出す記憶で、五歳ごろの自分が父に背負われて川を渡っている光景がある。うちの家族は昼間、川の向こうにある畑へ通《かよ》っていたから、雨で川が増水したとき父がぼくをおぶってくれたのかもしれない。だが、なぜその光景をたまに思い出すのかわからない。

きのう、近くのレストランで何組かの家族連れが食事をしているのを見た。五、六歳と思える子供たちは親をパパとママ、あるいは父さん、母さんと呼んでいた。それを聞いて七十歳のぼくはちょっとうらやましいようなくすぐったいような妙な気分で苦笑した。というのは、ぼくは小さいときから両親を「父ちゃん、母ちゃん」と呼んできたからだ。山奥の電気もない貧乏な炭焼《すみや》き小屋に生まれて山ザルみたいに裸足で育ったから「お父さん、お母さん」と呼ぶ習慣はなかったが、それにしても三十歳過ぎまで両親を「父ちゃん、母ちゃん」と呼んだのは、やはり気恥ずかしい。

会津から北海道へ出稼ぎにきた父母が十六年間の炭焼きをやめて農業をはじめたとき、ぼくは四歳だった。妹が生まれ、ぼくは父と一つ蒲団《ふとん》に寝るようになった。家族八人で、ぼくはそれから中学二年になるまでの十年近く、父と一つ蒲団で寝た。蒲団は幅が一メートルしかない一人用で、身長が一七五センチの父一人でも狭いのに、中学一年のとき身長が一六〇センチになったぼくが並んで寝るのだから大変だった。

父は毎晩のように焼酎《しょうちゅう》とドブロクを飲むため体が熱いのか、氷点下三十度の冬でも褌《ふんどし》一つの素っ裸で寝た。それで五、六歳のぼくはいつのころからか寝返りを打たなくなっていた。俺《おれ》が寝返りを打つと掛け蒲団が俺のほうにずれてきて、裸の父ちゃんが風邪を引いてしまったら大変だ、と思ったのだ。

ぼくはもともと自分のことしか考えない馬鹿だったから人を思いやるようなちゃんとした人間でなかったのに、なぜか懸命に寝返りを打たなかったのだ。

上を向いて両脚を伸ばし、両手を体の両脇にぴったりくっつけたままか、横向きになって背中を父の体にくっつけるかの姿勢で、朝まで寝られるようになった。

ぼくが八歳ころのある夜、ぼくが先に寝たあとベニヤ板戸一枚向こうの茶の間で父と母が大喧嘩をはじめた。父母の喧嘩はたいがいおカネのこととか父より四つ年上の母の嫉妬が原因で、その夜も母が「こんな地の果てまで連れてこられて貧乏させられて」と喚《わめ》き、父が「なんだいまさら。出ていきやがれ」と怒鳴り、湯飲み茶碗が砕ける音、ストーブに焚《た》く薪《まき》で叩く音につづいて母の泣き声が起こる。

ぼくは両手で耳をふさいだ。恐ろしさで体が震えた。やめてよ、やめてよ、と喉の奥で言いつづける。急に茶の間との境の戸があき、足早に寝間へ入ってきた父が乱暴に掛け蒲団をはぐってぼくの横へもぐり込んできた。

ぼくは素早く背中を父のほうへ向けて息をひそめ、眠っているふりをした。ひどい動悸がした。父の荒い息が聞こえた。いつもなら酔っている父は蒲団へ入ると三十秒くらいですぐに太い鼾《いびき》をかいて眠ってしまうのだ。それがいま父は眠れないで何度も深い溜《た》め息をついたり、何回も寝返りを打ったりしている。八歳のぼくは怯《おび》えの中で、父が母を怒鳴りつけて叩いたまま、仲直りもしないで寝てしまったことを苦にしているのを感じた。ぼくは母も可哀想だったが、後悔して困っている父も可哀想だった。ぼくは背中をそろそろと父の背中へくっつけた。

ぼくは十三歳で市街の学校へ転校、その後、再び父母といっしょに住むことはなかった。

母が八十六歳で死に、その二年後、父は八十五歳のとき肺ガンで入院し、医者はあと一カ月半の命だと言った。父の意識は、ときおり薄れた。ある日、ぼくが見舞いに行くと父ひとりが寝台に寝ていて誰もいなかった。ぼくが顔を寄せて「俺、誰かわかるかい?」と聞くと父は眼をあけず「わかるさ」と言ってぼくの名前を口にした。それから父は小声で「しっこ」と言った。ぼくは廊下にあるトイレへ連れて行くため、父をゆっくり起こしておぶった。

そして父のあまりの軽さに驚いた。かつて馬を使って畑を起こしたり丸太の運搬をしていたときの父の体は筋肉の盛り上がった赤銅色の巨漢だったのだ。

父を背負ってトイレへ歩きながら、ぼくは父を力づけようと「重いな」と言ってみた。すると父は弱々しい声で「軽いさ」と言った。

ふらつく父をやっとトイレに立たせ、ぼくは父のパジャマのズボンの前をあけて父のものをつまみ出し「さ、父ちゃん、しっこ」と言った。言うといきなり、ぼくは泣きそうになった。たぶん父は、ぼくが赤ん坊のころから数えきれないほどおしっこをさせてくれていたに違いないのに、ぼくが父を背負ったのも父におしっこをさせたのも、たった一回なのだった。ぼくは五十二歳だった。

それから五日後に父は死んだ。

父が死んで二十年たったいまも、父のことを思い出すたびに背中がぽっと熱くなる。

遊びで忙しく

ぼくは小さいときから遊ぶのが好きで、学校での勉強は嫌いだった。しかし、貧乏農家の三男には分けてもらえる畑もなく、いつかは家を出なければならなかった。それでいやでも少しは勉強しなければとは思った。

だが学校へ行くのも勉強のためではなく、家にいると朝早くから夜まで一日に十三時間も農作業にこき使われるのがいやで、仕方なく学校へ行くのだった。これで学校の成績がいいわけがなかったが、中学を卒業したら山奥へ丸太を切る出稼ぎに行くつもりだったので、成績の悪いのなんかたいして気にならなかった。

ぼくの母の考えも乱暴で、子供にとって大切なことは家の手伝いをすることで、勉強なんか仕事の合間をみてするものだ、それで勉強ができなければそれはおまえが馬鹿なのだ、と明快だった。こういう親に育てられたぼくがまともな考えをもつはずはなく、母の考え方をぼくは、体を使って働くのが正しい生き方で、頭だけ使ってお力ネをもうけたりして生きるのは悪いことだと解釈したふしがある。そのせいで十二歳まで勉強せずに遊んでばかりいたのだろう。

一年じゅう外にいた。五歳ごろ家の前を流れる小川を粘土でせきとめて滝を作り、自分で木で作った水車を回し、これも自分で作った小さい米つき機を動かした。甘いものが欲しくなると前の山へ行き、小刀でイタヤの木に小さい傷をつけ、空き缶をぶら下げて切り口からしたたる木の蜜を受ける。次の朝行くと空き缶いっぱいに甘い木の蜜がたまっていた。それを家へ持ち帰り小鍋で煮詰めて飲んだ。うまかった。

春は塩を持って友達と山へ行き、タンポポやヨモギ、セリ、イタドリの芽、山ブドウの芽を取って塩をつけて食べた。高い木に登ってカラスの巣から雛《ひな》を取り、二羽の親ガラスに襲われて頭から血を流したが雛は離さなかった。この雛をしばらく飼ったが可哀想で放してやった。前の池からメダカやオタマジャクシを取ってきて育てた。

学校には運動用具がないため、休み時間は外の土俵で上級生や下級生らと相撲を取った。雨の日は廊下で相撲をした。夏は学校帰りに毎日、友達と川で泳ぎ、何回も溺れては上級生に助けられた。

休みの日は家の農作業を手伝ったが、昼休みは裏の川でヤマベ釣りをした。おカネがないので柳の木の枝を竿にした。雨の日は家の中で友達と将棋や回り将棋、山崩し、トランプやババ抜きをした。遊ばないときは本を読んだ。おとなの小説から講談本など、文字が書いてあるものなら何でも読みまくった。

女の子がまじっているときはゴム跳びや綾取《あやと》り、石蹴り、縄跳び、オハジキ、隠れんぼう、鬼ごっこ、ママゴトもした。こんなのはあまり面白くなかったが女の子もいっしょでは仕方なかった。

家には大工道具も少しあったので、ぼくは暇があると何でも作った。竹鉄砲や水鉄砲、木のスケートや竹馬、独楽《こま》に竹トンボ、ピンポンのヘラに野球のバット、綿と石と布でボールも作った。木で作ったピストルはゴムで大豆の弾が十メートル飛んだ。五年生のときスキーを作ったがむずかしく、板に鉋《かんな》をかけて熱湯で先を曲げるとき折れたりした。乗って足で漕ぐ四輪車も木で作った。

円形の厚紙に野球選手や力士の絵を描いたのを取り合うパッチはぼくの得意で、学校の廊下や道路で勝負をし、かなり集めた。また地面に刺した相手の釘《くぎ》に自分の釘をぶっつけて相手のを倒すと自分のものになる釘倒しも得手で百本も釘を集めた。

秋は山へばかり行った。沢の小川でザリガニとり、茸《きのこ》のボリボリにヤナギタケ、山ブドウ、野イチゴ、コクワ、グミ、グスベリ、クルミ、オンコの実、マタタビ、カリンズ、クワの実とりに走り回った。

丸通《まるとお》しという笊《ざる》を地面に斜めに立てて突っかい棒で支え、カケスがきて丸通しの下に置いたトウキビの実を食べはじめると、物陰にいたぼくが突っかい棒につけた紐《ひも》を引っぱる。伏せた丸通しの中にカケスがとじ込められるのだった。このカケスも何日か飼ったが、ぼくが与える餌を食べないので逃がしてやった。家の屋根の軒にあるスズメの巣に登った青大将を引きずり降ろしたり、畑のあちこちにあるネズミの巣を探し回った。

冬になるといくら吹雪《ふぶ》いていても山へスキーや橇《そり》すべりに行った。山兎《やまうさぎ》もとった。雪原に四十本ほどの木の枝を直径一メートルくらいの円形に立て、一カ所だけ広くあけてそこへ輪にした針金を仕掛ける。兎が中のニンジンを食べようと針金の輪に頭を入れると輪が締まるのだ。これで鉛筆やノートを買った。

正月も親からお年玉がもらえないときは自分でイロハカルタやトランプ、スゴロク、凧《たこ》を作った。どれも下手くそな作りだったが友達は文句も言わず遊んでくれた。

これだけ遊びに忙しいと勉強なんかする暇がなかった。とても勉強まで手が回らないのだった。だから間抜けなぼくでもできる小説書きなどという、ろくでもないものになってしまった。仕方ない。

ぼくは家族

当然のことだが、ぼくは農家に生まれたから五歳になると家の手伝いをさせられた。小学一年になっても母はぼくを阿呆《あほう》、間抜けと怒鳴ってガキ扱いしたが仕事だけは一人前の男としてやらせた。

うちには二十三歳の長男から男三人、女三人の六人の子供がいたが、母は五番目で七歳のぼくをも容赦《ようしゃ》なくこき使った。ぼくがちょっとでも怠けそうな気配を見せようものなら母は呪文《じゅもん》のように「働かざる者、食うべからず。いいか、家族っちゅうのはいっしょにマンマ食って家の仕事をする者のことを言うんだ。わかったか、阿呆」と喚《わめ》いた。

ぼくは農家に生まれたらそんなものだろうと思っていたし、学校での勉強も面白くなかったから働くのは苦にならなかったが、本当のところは何もしないで遊んでいたかった。

小学一年に入学するとすぐ母に一週間に一回の朝起きを命じられた。父母も二人の姉も寝ている四時半に七歳のぼくが起き出し、茶の間の薪《まき》ストーブに火を焚《た》きつけて麦八分と米二分の飯鍋をかける。五個ほどのジャガイモの皮をむいて味噌汁を作り、茶の間の雑巾《ぞうきん》がけをするころ姉が起きてくる。二人の兄は造材山へ出稼ぎに行って家にはいないから男はぼくと父だけだ。ぼくは男だから働くのは仕方ない。

ぼくは十羽の鶏を小屋から出し、五匹の綿羊を草っ原へつなぐと朝ご飯を食べて学校へ走る。学校までの五キロの道はたいした距離ではなかったが、履《は》く靴がないため、裸足で走る砂利道は痛かった。しかしすぐに慣れた。

学校から帰ってくると三時で、家族は畑へ出ている。ぼくは教科書などを入れた布袋を放り出すと母が焼いておいてくれた澱粉団子《でんぷんだんご》を二つ三つ立ったまま食べ、ストーブと風呂に焚く薪を鋸《のこ》で切る。二日ほど焚くぶんを切って鉞《まさかり》で細く割り、母屋と風呂小屋へ運び込む。それから母屋の裏のポンプ小屋でバケツへ汲んだ水を隣の風呂小屋の五右衛門《ごえもん》風呂へ運ぶ。四十杯くらいでいっぱいになった。

つづけて十メートル離れた母屋の台所の水甕《みずがめ》へもバケツで水を運んで、いっぱいにする。家へ入って茶の間と台所の板の間の雑巾がけをする。昼に家族が畑仕事の作業着で食べたり昼寝をしたから汚れているのだ。終わると夕食の味噌汁用に前の池ぎわから蕗《ふき》を取ってきておく。

時計を見ると五時半で太陽が西の山頂にのっかっていた。六時になると母だけが夕食の支度に戻ってくる。ぼくは原っぱへ走ると綿羊を小屋へ入れ、家のまわりにちらばっている鶏を小屋へ追い込む。豚小屋で二匹の豚が腹をへらしてなきだし、ぼくは「うるさいなあ、まったく」と叫びながら野菜などを煮てある餌を豚にやる。

大急ぎで風呂を焚きつけ、茶の間と台所の薪ストーブにも火を焚きつける。食事の煮炊きはすべて二つのストーブでするからだ。六時半ごろ父が畑から馬を連れて帰ってくると、ぼくがその裸馬《はだかうま》に乗って裏の川へ行き馬の体を洗ってやる。ときおり七時近く父が煙草《たばこ》がないとか母が砂糖がないと言い、ぼくは暗い山道をボロ自転車で十二キロ先の市街まで買いに走った。熊がおっかなくて大声で童謡を歌いながら、ずっと尻を上げて自転車を漕いだ。七時半ごろ晩飯になり、ぼくはいつもご飯を食べるとすぐ八時前に蒲団《ふとん》へ入って眠った。

日曜や夏休みには七歳のぼくも朝の四時に家族といっしょに畑へ出る。六時に一度、戻って朝ご飯を食べてまた畑へ出、途中、昼ご飯を食べ夜まで働いた。ジャガイモ植え、鍬《くわ》での麦やトウキビの雑草取り、秋口からは麦刈り、芋ひろい、大豆刈り、殻竿《からざお》での大豆落とし、馬小屋の馬糞出しをした。

冬の間、家から馬小屋、豚小屋、村道までの雪はねはぼくの仕事だった。父の代わりに村への回覧板配り、班会費集めもやらされた。父が村の五、六軒から借金をしていて、大晦日に借金を返しに歩くのは毎年ぼくの仕事だった。どの家へも全額を返せないため父はていさい悪くて行けず、小学一年のぼくを使った。


学校が休みの日、ぼくは十五時間は家で働いた。ぼくは学校での勉強は好きでなかったが、家にいるとこき使われるので学校へ行ったほうがましなのだった。それで学校が好きだった。

いつか母に麦刈りだから学校を休めと言われた。ぼくはとっさに「きょう国語のテストあるから行く」と嘘をついた。すると母は父に向かい「見ろ、父ちゃんが甘やかすから、この馬鹿、出来ぞこなっちまって。家の手伝いと学校の勉強どっちが大事かわからんのだぞ、この阿呆が」と喚いてぼくの頭を張り飛ばした。

もちろんぼくは学校の勉強よりは家の手伝いのほうが大事なことはわかっていたが、学校を休むと友達が勉強してるのに自分が遅れてしまうのが心配なのだった。

それでもぼくは家族だし母の言うことが正しいので、学校を休んで麦刈りをした。

読めない字

小説など書いてるのだから漢字の読み書きは得意だろうと言われるが、とんでもない。中学校や高校の教科書に出てくる文字くらいは何とかかんとか読めるが、大学の先生方が書くむずかしい評論に使われる漢字には読めないものもあって情けない。

日本人だから漢字の読み書きだけはできるようにと思って、一応は小さいころから漢字の書き取りなどもしてきたが、身につかなかったのだろう。

ぼくは五歳ごろから家にあった講談本の『塚原卜伝《ぼくでん》』とか『岩見重太郎《いわみじゅうたろう》』『荒木又右衛門《あらきまたえもん》』、横光利一の『機械』などの本を読んできた。貧農育ちの五、六歳の子にそんなおとなの本が読めるわけはなかったが、ありがたいことに山や川、父や母など、すべての漢字に振り仮名がふってあったのだ。つまり漢字はろくに見ないで振り仮名だけで読み進んだから、漢字をおぼえなかったのかもしれない。

そんな程度のぼくが漢字についてとやかく言えたがらではないが、少し前のある教育研究所が発表した、最近の小学生や中学生は漢字の読み書きができなくなっているという調査には考えさせられた。

もちろんいまの子供と六十八年前のぼくでは本や文字とのかかわり方が違った。ぼくの子供のときはうちには電気がきていなくて石油ランプの生活で、ラジオもテレビも電話もなく、本でも読む以外に過ごしようがなかった。中学でも高校でも暇があると小説を読んだ。

いまの中学生の四割が一カ月に一冊も本を読まず、高校生の六割以上もが一カ月に一冊の本も読まないというのは、テレビや携帯電話やゲームなど、本以外の過ごし方に忙しいからだろう。

教育研究所の調査によると「米作」を「こめさく」と間違って読む子供が多いという。これなどは人々は米を毎日食べているにもかかわらず、食べなければ死ぬのだから農業は大切なものだという考えがなくなってしまったあらわれにも思える。ぼくが農家の生まれで稲を植えたり刈ったりしたから「べいさく」と読める、という問題ではない気がするのだが、どうだろう。

また「川下」を「かわした」と読むのも川のある風景を見たり暮らしたりしないことや、こういう文字の出てくる文章に接しないことで「かわしも」と読めないのかもしれない。

「戸外」を間違えて「とがい」と読むのも家とマンションの認識が違うのか、あるいは子供が家の外で遊ばなくなって家族が「こがい」という言葉を使わなくなったせいかもしれない。

「三日月」を「さんかづき」と読んだり「赤十字」を「あかじゅうじ」と読むのなどは、家庭や地域で夜空を見上げたり福祉や病気の予防・救護に関しての話題が少なくなったせいもあるかもしれない。

しかし考えてみると、若いときのぼくの間違いはこんなものではなかった。もっとひどい。

高校は工業高校のため男子千人の中に女子は三人ほど。寄宿舎生活のぼくらは何週間もろくに女の人を見ないで過ごす。それでぼくは友達に聞いた女子高生へ片っぱしから手紙を書いた。しかし十通出して返事がきたのは一通だけだった。返事をくれない九人は、ぼくの下手な文字と文のまずさに驚いたものに違いなかった。

その貴重な一人がぼくの学校祭にきてくれたのだ。美人でぼくは興奮し、緊張した。彼女はぼくより二つ年上の三年生ということだった。彼女がぼくに「あなたの手紙に趣味は読書と書いてありましたが、どんな本を読むのですか」と聞いてきた。

ぼくは自信のある読書のことを聞かれて気をよくし「いろいろ読みますが、おもにコイアイ小説です」とこたえた。

彼女は眼を伏せるとしばらく黙っていたあと、一度、深呼吸をし「それはコイアイではなくレンアイと読むんですよ」と言った。なんとぼくは高校一年にもなるのに恋愛という文字を「コイアイ」と読むと思っていたのだ。ぼくは茫然とし、言葉を失ったまま突っ立っていた。悲惨だった。その後、彼女から二度と手紙はこなかった。

十九歳のときある同人雑誌の合評会で他人の作品をぼくが朗読したのだが、文中の「額皿」を「ヒタイザラ」と読んでみんなに笑われた。「ガクザラ」と読むとは知らなかった。重箱読みとか湯桶《ゆとう》読みを知ったのはそのあとのことだ。無知は恐ろしい。

この親にしてこの子ありで、娘が高校一年のときクラス全員の前での朗読で「幾何学」を「イクナニガク」とやってしまい爆笑されたというのだ。無知は遺伝するのだろうか。

その愚かな娘が高校の国語の教師になり、馬鹿なぼくは物書きになったのだから居ごこちが悪く、いつも後ろめたさにつきまとわれている。

空腹

ぼくは小さいときから出来が悪かったのか失敗が多く、しょっちゅう誰かに謝《あやま》っていた気がする。小学生のときよその家のリンゴを盗んで怒られ、中学一年のとき教室の拭《ふ》き掃除をいいかげんにして怒られては謝ってきた。

そうした中で、中学二年のときに自分のしたしくじりにたいして、どのような言葉で詫《わ》びていいかわからないままになっていることが一つある。

滝上《たきのうえ》の山奥に生まれ育ったぼくは、中学二年の初めから市街の中学校へ転校した。父母には一応、大きな学校で勉強したいからと言ったがそれは嘘で、本当はほかの四、五人の同級生が転校するため自分も行ってみたくなっただけの、いいかげんな理由にすぎなかった。なにせぼくは勉強が好きでなかった。

春から秋までは、歩いたり父の自転車を借りて往復三十キロほどの道を通《かよ》ったが、冬は雪で通えなくなり市街の親戚の家へ居候《いそうろう》させていただいた。親戚といっても、ぼくの次兄の妻の姉の嫁ぎ先という遠い関係で、気軽にお世話になれる間柄ではないのだった。お父さんが一人で鍼灸院《しんきゅういん》を開業しているその家には二十歳から二歳までの七人の子供がいて、そこへ十四歳のぼくがやっかいになるのだから大迷惑なことだった。あとでわかったことだが、ぼくがお世話になった一年間、ぼくの父母はたまに麦を少し持って行っただけで、おカネは一円も差し上げていなかったのだ。つまりぼくは、そこでの寝泊まりから朝食、夕食、弁当、風呂まですべて只《ただ》でやっかいになったのだった。ぼくの家族が田舎者で無知だったとはいえ、あまりにも無作法すぎた。

山ザルに近かったぼくは、その家で行儀作法をおぼえた。ご両親への朝起きたとき、夜寝るとき、登下校どきの挨拶、食事どきの礼儀、公衆浴場での礼法も知った。

多人数での食事はにぎやかだった。ぼくは大食いだった。ぼくの次兄の妻の姉で、そこの主婦である小母《おば》さんはいつもぼくに「遠慮するんでないよ！　腹いっぱい食べるんだよ！」と言ってくれた。

しかし田舎者で気が小さく引っ込み思案のぼくは、気後れし、つい三杯目のお代わりを出し渋ってしまった。小母さんがご飯を盛るとき杓文字《しゃもじ》が御櫃《おひつ》の底をこする音で、中に残っているご飯の量を推測してしまうのだ。そういうときも小母さんはぼくの気持ちを察してか「体が大きいんだから、しっかり食べないと」と言ってくれたが、ぼくは遠慮した。まったくぼくの、いやな面での神経質のせいだった。

冬の寒い夜で九時近かった。ぼくは誰にも見つからないように家を抜け出し、村の実家へ向かって歩いた。帰ってご飯を食べてこようと思ったのだ。空腹だった。市街を抜けて山間《やまあい》の沢へ入ると少し吹雪《ふぶ》いていた。雪道を三時間近くかかって村の家へ着くと夜中の十二時近かった。玄関を入ると、母が起きてきて「どした」と言った。「腹へった」とぼくは言った。弱々しい声になった。母は一瞬、黙ったあとぼくに「裏口へ回れ」と言った。怒っている声だった。

台所口から入ると、母は箒《ほうき》を竹の柄《え》のほうを上にして持ち、立っていた。眼が吊り上がり、鬼みたいな形相だった。ぼくが上がりがまちに立つと、母はいきなり箒の柄でぼくの頭を叩いてきた。「この間抜けが、腹がへったぐらいで帰ってくる馬鹿がどこにいる」と叫んだ。叫びながらつづけざまにぼくの肩や腕を叩いた。

「おまえがいなくなったことがわかったら、小母さん、どうすると思う。ん？　家族みんなで、お巡《まわ》りさん頼んで街じゅうおまえを捜すだろう。そしたらどうすんだ、おまえ。この馬鹿、十四にもなって、まだそんなこともわからんのか、死んじまえ、この阿呆！」と喚《わめ》いた。

　ぼくは突っ立ったまま叩かれていた。母に叩かれるのは小さいときから慣れていた。母は叩くのをやめると、蕎麦丼《そばどんぶり》に麦飯を盛って味噌汁をかけて持ってきた。ぼくは上がりがまちに突っ立ったまま掻き込んだ。

　味噌汁は冷たかったが、うまかった。二杯目を突き出してきた母は「早く食って行け。おまえが帰って小母さんが起きてたとき、小母さんに何て言うか、自分で考えろ」と怒鳴った。

　外に出るとまだ吹雪いていた。ぼくは歩きながら、小母さんが起きていたときに言うべきことを考えつづけた。しかしいくら考えてもわからなかった。思いつくのは、嘘の言いわけばかりだった。とにかく、腹がへって親元へご飯を食べに帰ったとだけは言うわけにはいかないことはわかった。

　市街の家へ着くと早朝の三時近かった。幸運なことに誰も気づいていなかった。

　それから五十七年間、あのとき小母さんに言わなければならなかった言葉を考えてきたが、いまだに思いつかない。

見舞いにて

　ぼくは五歳のときから父と一つ蒲団《ふとん》に寝てきた。妹が生まれたためで、家族が炭焼《すみや》きをやめ、山から村へ降りて農業をはじめたあとだ。小さい家に八人家族が住み、六畳間に蒲団を二つ敷いて一つに母と妹、もう一つに父とぼくが寝ていた。

　そして五歳から中学二年になるまでの十年近く、ぼくは父の蒲団で寝起きした。そのせいか父との記憶は濃く、いつも風呂にいっしょに入って体を洗ってもらったこと、裸馬《はだかうま》に一人で乗せてくれたこと、山へ行って木を切り倒すのを手伝ったこと、高校の入学式についてきてくれたことなど無数にある。

　母には怒られた記憶が多い。ぼくは父には一度も叩かれたことがないが、母にはしょっちゅう叩かれたように思っている。たぶん実際は一カ月に一度くらい、ぼくが姉にくってかかったときとか妹を泣かしたときに怒られただけに違いないのに、いつも怒られていたような気がするのは、ぼくの性格がひねくれていたということかもしれない。

　というのは、ぼくは小さいころ、視線を急に左右に動かすとき眼がいくぶん斜視ぎみになることがあったため村の年上の子に馬鹿にされ、そのことから母もぼくを嫌いなんではないかと邪推したことがあったからだ。

　妹が生まれたとき五歳のぼくはまだ母乳を飲んでいて、一年半ほど妹と二人で飲み、妹が離乳したあともぼく一人で小学一年生まで飲みつづけた。これはもしかすると、母のそばにいたかったからというふうにもとれる。

　もちろん母は、この出来そこないの息子の将来を思って絶望的になり、躍起になってぼくを怒鳴りつけ突き飛ばし、乳首に小麦粉と酢を練ったのや煙草《たばこ》のヤニをつけたりして、やっとぼくを離乳させた。ぼくの気持ちが屈折していた面もあるだろうが、自分の考えを曲げない母の性格にも問題があった気もする。

　ぼくの記憶の中の母が怒りっぽい理由を、よく考えることがある。母は福島県で四歳年下の父と結婚して子供を一人生み、離婚、二年後にまた父と復縁して北海道に出稼ぎにくる。千円ためて福島へ帰るはずが五人の子供が生まれ、貧乏で帰郷を諦《あきら》めたために不機嫌になったのかもしれない。そのほかの理由があるのかもしれないが、わからない。

しかし記憶を探ると、母の怒り顔の向こうに笑顔も浮き出てはくる。父と豊作を喜んでいた顔、酒に酔って「江差《えさし》追分」を歌っていた表情、ぼくが書き初めで金賞をもらったときの嬉しそうな顔もある。

ぼくが六年生のとき風邪を引いて高熱を出した日、母は客用の座敷に客用の蒲団を敷いてぼくを寝かせた。母は横の畳の上に服を着たままうつぶせて仮眠を取りながら、一晩中ぼくの額の濡れタオルを取り替えてくれた。

ぼくが八歳ころだ。ある子供のいない村人が毎夜のように家へきて、子だくさんで貧乏してるんだから、ぼくを養子にくれと言いつづけてぼくが怯《おび》えていたとき、母が「貧乏はしてるけど猫の子ではないからなあ、諦めてや」と、きっぱり断わった。


六十二歳で離農して父や長男と札幌へ出てきた母は、煙草や酒を飲みつづけ、七十八歳のとき肝臓病で入院した。ぼくは四十一歳になっていた。

母が生み育てた六人の子供のうち、仙台に嫁いでいる長女以外の五人はみな札幌に住んでいて、入れ替わり立ち替わり病院へ見舞いに行っていた。

ある日、ぼくと妻が病室へ行くと母は寝台に寝て看護師さんから点滴を受けているところだった。父も来ていて、寝台の横の椅子に掛けていた。

ぼくらが行って少ししたころ看護師さんが「おばあちゃん、いいわねえ、子供さんが代わるがわる見舞いにきてくれて。たくさん子供を生んでおいてよかったねえ」と言った。笑顔だった。

母は腕に刺さっている注射針に眼をやったまま少し黙っていたあと「なんもだ。子供なんて一人もいらんかった」と言ったのだ。

ぼくは一瞬、息がとまった。静かだった。看護師さんは何も言わない。父がうろたえた声で「ばあさん、馬鹿なこと言うもんでない」とたしなめると、母は「ほんとだも」と言った。

ぼくはゆっくり深呼吸をしてから「いやあ参った参った」と笑った。しかし笑いは歪《ゆが》んだ。看護師さんが慌《あわ》てた声で「おばあちゃん照れてるんだ」と笑う。母は黙っている。ぼくは母の言ったことは本音だろうと思った。だが本音だろうとなかろうと、そんなことはもうどうでもいいことだった。

ぼくは病室を出て玄関へ歩きながら鼻で笑った。いまさら何を言うか、生まれてしまえば、こっちのものだ、と思った。

サイン会で

二十年近く前、ぼくは毎年のように沖縄の新聞社や放送局から講演に呼ばれて出かけた。たぶん自伝ふうの貧しい農民の苦境話に、共感するところでもあったのかもしれない。間もなくぼくは沖縄の新聞にエッセイの連載を始め、沖縄にぼくの本の読者の集まりもできた。

そんなある年も沖縄の図書館に呼ばれた。ただ図書館側から言われた演題は「文学と現実のはざまで」というやっかいな、よくわけがわからないものだったが、まあ何とかなるだろうと考えて引き受けた。こういう曖昧《あいまい》でめんどうな題を与えられたときぼくはいつも、自分の劣等感まみれの生まれ育ちと生きざまを曝《さら》け出すことで切り抜けてきた。

沖縄の図書館でもぼくは、自分が福島県から北海道へ出稼ぎにきて、炭焼《すみや》きをしながら六人の子供を生み育てた両親に生んでもらったこと。四歳のころ、両親が二人で半日で山腹に作った家は壁も屋根も笹を張りつけただけで家の中には木の根っ株や草が生えていたこと。家族はそこへ筵《むしろ》を敷いて寝たこと。七人家族がその日食べる物がなく、父母は村へ降りて農家の畑仕事をさせてもらい、その日もらったおカネで近くの農家から麦やジャガイモを買ってきて、ぼくら子供に食べさせたことを話した。

講演のあと会場の後ろでぼくの著書のサイン会があり、ぼくは机に向かって座った。買ってくださった本を持った方々が並び、ぼくは差し出される一冊々々にサインをして落款《らっかん》を押した。ほとんどが中年以上の方だった。

そのうち十六、七歳に見える少年が本を差し出してきた。小柄で髪がぼさぼさで顔色も悪く、着ているものも着古した感じの白いTシャツとジーパンと質素だった。高校へ行っているようにも見えない。ぼくは本の見返しを開くと「お名前は？」と聞いた。

「まる書いてください」と少年が言った。低い、くぐもった声だ。「え？」とぼくは顔を上げて少年を見た。軽い動揺をおぼえた。

「まるを書いてください」と少年が繰り返した。「まるって、あの丸いまるのことですか？」。ぼくはめんくらって聞いた。

「そうです」。少年の声は後ろのほうでかすれた。表情の中を小さな怯《おび》えがちらつく。「あなたのお名前は？」。ぼくは少年の言う意味が理解できないもどかしさを押し隠して聞いた。サインは通常、本の右上に買ってくださった人の名前を書き、左下へ著者であるぼくの名を書くからだった。

「俺《おれ》の名前はいいです」と少年が言った。その硬い表情には笑みのにじむ気配もない。ぼくはうろたえた。そしてとりあえず筆先を墨へつけ、毛先を揃《そろ》えた。そうやって気持ちの動揺をおさえた。何がなんだかわからず、自分がひどくまごつき、緊張し混乱しているのを感じた。少年の後ろに並ぶ人も図書館の人もみんなが動きをとめ、ぼくの筆先を見ているのがわかった。

ぼくは筆を構えて背筋を伸ばすと深呼吸をし、息をとめてゆっくりと○を書いた。そして軽い目眩《めまい》をおぼえた。○を書くことがこれほどむずかしいことだということを、いままで知らなかった。

「これでいいんですか？」。ぼくはひどい疲れを感じながら聞いた。「はい」と少年が言った。ぼくは自分の名を書いて本を少年に渡した。本を受け取った少年がいきなり「俺の父は、しょっちゅう出刃《でば》包丁を振り回して母を追いかけ回すんです。殺してやるって」と言った。震え声だった。

ぼくは不意を打たれて気が動転し、息を呑んだ。そして少年を見た。ぼくを見つめる少年の眼の中の重い澱《よど》みに見おぼえがある気がしたが、思い出せなかった。

ぼくは体が自然に浮き上がるような感じで立つと筆を置き、少年に向かって右手を差し出した。少年も右手を出してきた。ぼくはその手を強く握りしめ「負けないでね。がんばってね。いいね」と言った。声がうわずった。少年が小さくうなずいた。

それから彼はぼくに背を向けて歩き出した。ぼくは突っ立ったまま遠ざかってゆく背中を見つめた。その瞬間「この少年は俺だ」と思った。ぼくが子供のころ貧乏のため父母の喧嘩が絶えず、父は出刃包丁を持って母を追い回した。そういうときぼくはいつも父の脚にしがみつき「父ちゃんやめて、父ちゃんやめて」と泣き叫んだのだった。そのときの自分と少年が重なったのだ。

沖縄でのサイン会から二十年近くたつが、ぼくはいまだにあのとき少年が求めた○の意味がわからない。父母の仲の回復、沖縄の希望、少年自身の夢など、ぼくが想像できるのはこれら卑小なことでしかない。しかし少年が抱く○の意味は、ぼくなどが想像できない広大な世界のはずだ。そしていま三十代半《なか》ばの彼は、その世界を獲得しつつあるに違いない。

ぼくの健康

最近、自分の老化してゆく状態が面白くてしょうがない。二階へ物を取りに行って、着いたときにはその物が何だったかを忘れている。人の顔を思い出すのだが名前が思い出せないことも多い。そういうときには、その人の顔を思い浮かべつつ名前の最初の音《おん》を探って、口の奥でアイウエオからバビブベボまでを唱える。思い出すまで五回でも七回でも意地みたいに繰り返す。

するとと何回目かの「タ」のとき、いきなり高木という名前を思い出すのだ。この間の三十分にもおよぶ脂汗のにじむような必死の苦闘が変に面白いのは、神経に問題があるのかもしれない。

こういうふうに老化に追われて自棄《やけ》ぎみな気分でいながら、早死にはしたくないぞ、と思ってもいる。といって九十とか百まで生きたいわけではなく、病気をしないで八十五あたりまで毎日、飯がうまくて、大酒を飲んでカラオケで五曲くらい歌って眠り、ある朝コロッと死んでいたいだけだ。

おカネは入ってくる額より使うほうが多いから貯《た》めるのは諦《あきら》めたし、仕事も実力以上のことをさせてもらったし、女にもてたい気持ちも失《う》せたし、いまの夢はある日コロッと死ぬことだけだ。とにかく病気はいやだ。

だから健康には気をつけ、七十一歳になったつい先日も人間ドックで調べた。ぼくはただガンの早期発見だけしてもらいたいのに、何もかにも調べられて疲れた。

まず結果報告書の真っ先に「メタボリックシンドローム予備群に該当」と書いてあって不愉快になった。太りぎみは言われなくてもわかっているのだ。身長一七二センチ、体重七十三キロ。標準より八キロ多いというが腹が出ているだけで何の不自由もない。だいたい標準て何なんだ。痩《や》せたくてろくに物も食べず骨だらけの人と比較されたら、こっちが迷惑だ。自分の判定では問題なし。

体脂肪の標準が二十三のところぼくは二十七で脂肪過多だそうだが、脂のあるニシンやサンマを多食するから当然だ。菜っ葉ばかり食べる人と比べられたらたまったものでない。これも不安なし。腹まわりも基準が八十五センチのところぼくは九十一センチだが、ぼくのまわりには百センチある人がごろごろいるのだ。六センチくらい何の問題もなし。

肺は「奇静脈葉疑い」と、わけのわからないことを書いてあるが、ガンと関係なしとぼくは判断した。眼は二十七歳でとった運転免許のときから四十四年間、ずっと眼鏡使用だったが、七十歳の更新のときもう眼鏡は必要ないと言われて驚いた。つまり近視でも老眼でも乱視でもないのだ。信じられないが、たぶんこれは毎日、大酒を飲んでいるおかげに違いないというのが、ぼくの判断。

肺活量は標準八一のところ、一二五だから豪勢なものだ。「左肺野陳旧性胸膜炎疑い」と、これまた意味不明の文字だが、素人を混乱させるようなことは書かないでほしい。ガンとは無関係と考え問題なし。なぜか脾臓《ひぞう》、腎臓、膵臓《すいぞう》、胆のう、前立腺は異常なし。

血圧は一二〇と七〇で良すぎる。父は上が二〇〇あったが毎晩、焼酎《しょうちゅう》を飲んで八十五歳まで生きたから、ぼくはいくら酒を飲んでもいい計算になる。尿酸値は六で標準の七より低いが、二十年前に痛風《つうふう》になりかかってそれから薬を飲んでいる。とにかくぼくはタラコ、カズノコ、スジコ、ウニ、納豆と痛風によくない物が大好きだから、案外、ここらあたりが命取りになるのかもしれない。しかしいまのところ何の問題もなし。

心電図が正常なのは当たりまえだ。賭《か》けごとはやらないし愛人はいないし、近ごろは妻とも喧嘩をしないから興奮する機会がないからだ。ノープロブレム。

有り金はたいてもうまい物を食べる主義だからコレステロールが高いのは当然なのだが、何と不思議なことに中性脂肪を含めすべて基準値より低いのだからびっくりする。問題なし。胃、十二指腸、食道に何の異常もないというのも信じがたい。なにせ子供のころからろくに嚙まないで飲み込んできたし、早食いで大食いで、しょっぱい物、熱い味噌汁が好きなのだ。ここの医者、大丈夫だろうか。とにかく、いまのところ問題なし。

大酒飲みのぼくの大問題は肝臓だ。脂肪肝と書かれてあるが気にしない。「のう胞十六ミリ四個あり」もガンと関係なしの判断で無視。

肝機能のＧＯＴとＧＰＴの基準が四〇と四五にたいして二〇と一八でまったく問題なし。問題のぼくが肝硬変や肝臓ガンを推察する参考にしているガンマＧＴＰは、基準の上限が七九のところ、ぼくは何と五二だ。絶好調なのだ。驚いた。これは凄《すご》い。ということは、ぼくはまだまだ酒の飲み方が足りないということになるのだ。もっともっと飲んでいいのだ。

こうした検査を見てのぼくの自己判定は、ぼくの健康にほとんど問題がないのは酒のおかげだ、という考えに落ち着く。

ただ問題が残らないわけではない。急速に進行しつづける脳の老化に大酒がいいかどうかだ。この問題が大きい。

カラオケ好き

生まれ育ちがかんばしくないうえ大酒飲みで大食いのぼくにも、一つ二つ自慢できるものはある。カラオケだ。

カラオケという言葉にはいくぶん軽薄な響きでもあるのか、ぼくがカラオケで歌うのが好きだと言うとまわりの人は妙な半笑いをする。明らかに、この男はたいしたことないな、と思っている気配を感じるがぼくは平静だ。そんなことでめげるほど軟弱ではない。

世間にカラオケなど好きなのははしたない、浅《あさ》はかで品がないと思っている人もいるのは、それぞれの好みで仕方ない。しかしぼくの場合、酔っぱらってそこにいない人の噂をしたり小むずかしい観念的な理屈を並べて自己嫌悪に陥るよりは、大声で歌でもがなっているほうがましだ。ただし他人に迷惑をかけないことが前提だ。

ぼくの歌好きは遺伝だ。ぼくが子供のころ、うちの家族は正月や秋祭り、来客どき、みんなで歌った。会津生まれの父は「会津磐梯山」と「佐渡おけさ」を聞くに耐えないほど下手に、母は「江差追分《えさしおいわけ》」をこれも相当、調子っぱずれに歌った。兵隊帰りの長兄は軍歌や「赤城の子守唄」を小節を利かせて、次兄は「大利根月夜」や「湯の町エレジー」がうまかった。姉や妹まで歌うのも、こうしたあまり知的ではない家庭環境で育ったからに違いない。

おまけにぼくは五歳ごろから、父がときどき蓄音器でかけるレコードで浪花節《なにわぶし》ばかり聴かされた。春日井梅鶯《かすがいばいおう》や松平國十郎《まつだいらくにじゅうろう》、三門博《みかどひろし》らが唸《うな》る声帯がぶち壊れたような声が体の底へしみ込んだのだ。こういう、子供のことなんか何も考えない教育的でない家庭に育ったぼくが、歌を嫌いになりようがあるだろうか。

ぼくが「浪曲子守唄」の一節太郎《ひとふしたろう》や、「王将」の村田英雄の破れたような、どら声を聴くと体が痺《しび》れるほどうっとりするのは、浪曲育ちのせいだ。

ぼくがカラオケで歌うほとんどが演歌なのも、わざわざスペインまでフラメンコ音楽を聴きに行くのも、ポルトガルの大衆歌曲のファド、アメリカの民謡・黒人霊歌、アメリカのモニュメントバレーで聴いたインディアン・ナバホ族の祈りの歌に体が震えたのも、すべてぼくが山ザルじみたガキのころに叩き込まれた浪曲のせいだ。

三十年近く前、フランク永井が札幌へ公演にくるたびに作家の村松友視《むらまつともみ》ら三、四人でいっしょに飲んだ。文学青年のフランクさんはぼくの小説を読んでくれていたし、ぼくはフランクさんの歌はほとんど歌えたから話が合った。舞台が終わった午後十一時からぼくらはススキノのスナックを回る。

そこで酔っぱらったぼくと村松友視はいつも、フランク永井の前でフランク永井の歌を歌うという暴挙をやったのだから、素人は恐ろしい。「霧子のタンゴ」「俺は淋しいんだ」「夜霧に消えたチャコ」とどんどん歌う。

フランクさんはカラオケで歌えない。というのは、カラオケでの彼の曲はキイがかなり高く作られているため、本人は声が出ないのだ。

酔ったフランクさんはレミーマルタンを飲みながら、歌うぼくに「コヒちゃん、そこはそんなんじゃないって」とか「そこは、もっとやわらかに」と言っては笑う。しかし素人のぼくに、プロの助言の意味自体わかるわけがないのだった。ぼくは適当に歌い、大満足だった。

あるとき無謀にも札幌のキャバレー「エンペラー」でのカラオケ大会に出場、「歩《ふ》」を歌い、なんと優勝してハワイ旅行が当たったのだ。自分でもたまげたが、どうも真相は審査員が相談し「あの貧乏物書き、はっちゃきになって歌って可哀想だべや」と優勝させてくれた感じなのだ。しかし同情されようと何だろうと、ぼくは妻と娘を連れて四泊六日のハワイ旅行へ行ってきたのだ。まったく何の問題もない。

ぼくのカラオケ好きは順調に広まり、講演先の仕事のあと主催者から「どうです一曲」と誘われた。誰かから「あいつは飲ませて歌わせておけば喜んでるから」と聞いたものに違いない。

もちろんぼくに拒む理由はなく高知でも鹿児島でも島根、秋田、和歌山と、招かれた千八百回の講演のほとんどの場所で歌ってきた。講師がカラオケで歌ったからとて何の問題もない。

いまでもたまに、歌手になりたかったなあ、と思う。ギンギンの服を着て舞台に立ち、おカネはどんどん入るわ、女にはもてるわ、老後の年金の心配をしなくてもいいわ、とうらやましい。

しかしぼくは歌が下手なのはもちろんだが、決定的に駄目なのは顎《あご》がしゃくった長大な顔が見られたものでなく、女にもてないということだ。それで仕方なく小説書きなんかになった。

腕時計

春になるたびに、ぼくは高校へ入学した十五歳の自分を思い出す。北海道の山奥の貧農に生まれたぼくは、中学を出るとすぐ出稼ぎに行くことになっていた。貧乏な父母だけではぼくを高校へやることができないからだったが、二人の兄も仕送りしてくれるということで苫小牧《とまこまい》工業高校へ行けることになった。長兄には妻と二人の子供がおり、分家している次兄にも妻と三人の子供がいるのにだった。

苫小牧工業高校への入学式の日、父はぼくといっしょに汽車に十二時間乗ってついてきてくれた。父が持っている旅費や寄宿舎へ前納するおカネは、すべて農協から借りてきたものだった。秋にとれる作物で払うのだ。

夜遅く苫小牧へ着いて駅前の旅館で一泊し、次の朝の十時に高校での入学式に出席した。

寄宿舎は一部屋に四人で、一年生のときは自炊だった。生徒は自分で七輪《しちりん》で火をおこし、ご飯を炊いて味噌汁やおかずを作って食べるのだ。

それで父といっしょに百貨店へ自炊用具を買いに行った。父が高い七輪を買おうとするのを、ぼくは安いのでいいからと取り替えた。家を出るとき母から「いいか、おまえにかかるゼニは借金だ。父ちゃんによけいなゼニ使わせるんでないぞ」と言われていたのだった。飯鍋も味噌汁鍋も茶碗も、ぼくが安いのを選んだ。

父が「ほかに足りんものないか」と言う。声が不安げにかすれている。残っているカネの額を心配しているのがわかる。米一斗と麦三斗、醤油一升も買ってもらう。「これでいい」とぼくは言った。父がおカネを払いながら「味噌やイモは帰ったらすぐ送るから」と言う。

寄宿舎へ帰って荷物を置くと父はもう何もすることがなくなり、部屋の隅に突っ立って煙草《たばこ》を吸った。父のよれよれのジャンパーと乗馬ズボン姿を、部屋の三人の生徒に見られるのが恥ずかしかった。それに三人がいるところでは煙草を吸わないでほしかった。ぼくは「汽車、何時だっけ」と父に聞いた。父が「五時ころだったかな」と言う。ぼくは父のそばへ行って腕時計をのぞいた。まだ四時前だった。父に早く部屋から出て行ってほしかった。目覚まし時計もいるなと思うが、父には言えない。

煙草を吸い終わった父が部屋の三人に「わし、これで失礼しますっから」と言った。その田舎訛《なまり》まる出しの言葉が恥ずかしかった。

ぼくは父のそばへ行くと「駅まで送ってく」と言った。父が三人の生徒に向かい「よろしくお願いしますね」と何度も頭を下げる。

駅へ向かって歩く。父が歩くとき長靴の底がボコッボコッと地面を打つ。その音が田舎っぽくていやだった。ぼくは父から二歩ほど遅れて歩いた。もっと離れたかったが、父に悪い気がしてできなかった。

駅の中は人込みだった。父はぼくを振り返ると何枚かの皺《しわ》だらけの札を差し出し「いま、こんだけしか置いてけんけど、近いうちに何とかして送っから」と言った。

ぼくはおカネに手を出しながら小声で「帰る汽車賃あるの?」と聞いた。おカネをもらいにくく手を引っ込めそうになる。父が「うん、ある」と言って切符売り場のほうを見る。

改札がはじまり、父が人の列の後ろへ並び、ぼくも横にくっついていっしょに歩く。父が思いついたように自分の腕時計をはずしてぼくに差し出し「ないと不便だべ」と言った。

「いらん、父ちゃん困るべさ」とぼくは言った。だが父は「大丈夫だ」と言うと時計をぼくの手へ押し付けてよこした。

　話すことがなく、ぼくはあちこち錆《さ》びている腕時計を自分の左手首に巻く。ひび割れた黒革のバンドの穴が破れている。腕時計を持つのは初めてだった。嬉しかった。

　あと三人で父の改札の番だった。ぼくは父に向かって何か言いたいことがあるような気がするのに、言葉が出なかった。それで「母ちゃんに、元気でやるからって言って」とだけ言った。声の後ろがかすれた。

　父がぼくを見「からだに気いつけるんだぞ」と言った。その声が少し震えていた。言うとすぐ父は顔を隠すみたいに前を向いた。耳から首へかけてが赤かった。もうすぐ五十歳になる父の頭の毛は少なく、白髪が多かった。

　ホームへ出た父が人波にもまれながら一度、ぼくを振り返った。口を小さくあけたが声は聞こえなかった。ぼくは喉の奥で小さく「父ちゃん」と叫んだ。一瞬、走って行っていっしょに汽車に乗りたいと思う。

　それから六十年がたった。ことし七十五歳になったぼくが、あのとき父がホームで振り返ってぼくに何を言おうとしたか、いまはわかる。

老化とは何か

ぼくは、自分の気分としては年齢より若いと思ってきた。しかし実態は冷酷だ。

六十歳ころから腕や首の肉が落ちるのに腹ばかりふくれ出したのをはじめ、眼の中を蚊が飛ぶみたいにちらちらし、眼の下の涙袋がミカンの粒くらいに大きくふくれ出した。

七十歳を過ぎてから物忘れがひどくなり、食べる量も飲む酒の量も減って根気がなくなり気が短くなった。さらに顔を洗うとき小指が鼻の穴に入ったり、納豆の匂いをかぐとき鼻先に納豆がくっついてしまうのは神経が鈍感になったからだろう。

人間は生まれた瞬間から老化がはじまっているといわれるから、そうするとぼくは十歳のころからすでに十歳の老人だったということになるが、これはあまりにせつなく納得できない。考え方が不愉快だ。

つい先日、ある本を読んでいたら、人間の老化現象に関する十カ条の設問というのがあった。その質問にたいして認める項目が多いほどその人間は老化が進んでいると書いてある。つまり否定が多いほど若いというわけだ。面白半分に質問にこたえてみた。

第一問は、最近ものごとについて忘れっぽいかときた。即座にハイだ。人の顔は思い浮かぶのだが名前が思い出せない。

物を取りに行き、現場に着いたころ何を取りに行ったか忘れ、頭にきて、あてずっぽうに別の物を持ってくる。たまに妻と言った言わないでもめ、前の日、自分が言ったことを忘れて言わないとがんばったりする。

人の顔は思い浮かぶのだが名前が思い出せない。それも長いこと付き合っている大切な人を思い出せない。なのに陥《おとしい》れられたり騙《だま》されたりしたような、忘れたほうがいい人の名前は鮮明におぼえているのだから精神衛生上よくない。

二問めは、急ぎの仕事のとき神経質になるかだが、これもそのとおりだ。原稿の締め切り間近になると、神経質になるどころではなく、苛々《いらいら》して何の関係もない妻に不機嫌な顔を見せたりうろうろ歩き回ったりするのは、もう病気なのかもしれない。

三問めは自己中心的であるかという、じつにいやな質問だが、これまたそのとおりとこたえるしかない。家族にも友人にも、気持ちのうえでは一応、穏和《おんわ》な態度を取っているし、口でも自分ひとりでは生きることはできない、すべての人に思いやりをもたなくてはと言い、心の中でもそう思い乗り物でも困っている人に席を譲ってはいるが、実態は思っていることの半分ほどしか実行していない気がする。これは明らかにぼくが自己中心的な人間だからに違いなく、情けない。

四問めは愚痴っぽいかで、これも認めるしかない。つらいことがあると妻にだけは本音を吐くのだが、その言い方が言っても仕方がないことをくどくどと言葉にしている気がして、自分ながらみじめな気分だ。

五問めは過去のことをとうとうと喋《しゃべ》るかで、これも肯定するしかない。ただ、とうとうとよどみなく喋りはしないが、貧乏話を自慢げに喋るのは、やはり精神面に問題があるのかもしれない。

六問めの、他人と付き合うのに臆病かについては相手にもよるが、ぼくは若いころからたいがいの場合、人と向き合うときは常に怯《おび》えていることは確かだ。老化と関係あるとは思えない。

七問めは世間の変化にたいして疑い深いかという質問で、もちろんとこたえる。疑うという言葉は好まないが、ただ疑うほうのぼくに問題があるのか疑われる世間に問題があるのか、それが問題だ。

八問めはどうでもいいので飛ばし、九問めの自分の感情に関心をもつかだが、ぼくは他人の感情には関心をもつが自分の感情にはあまり興味がない。しかし考え方によってはこれはぼくが利己的だということになるのかもしれず、心配だ。ぼくはこの項目で初めて否定したわけだ。

十問めは過去の自分の苦労話についてよく喋るかで、よくは喋らないが認める。というのは、貧乏育ちで物書きになったぼくの得意技は貧乏話だからだ。五歳から畑仕事や馬や豚や綿羊の世話、雪はねや飯炊きや雑巾《ぞうきん》がけにこき使われたり、ずっとおカネに困ったこと、ずっと女にもてなかったことを喋ったり書いたりしているときが、最も幸福だ。

以上、十問のうちぼくが純粋に否定したのは一つだけだから、ぼくの老化は自分で思っているよりかなり進行していることになる。

しかしぼくは、こんな人を惑《まど》わせるような曖昧《あいまい》で中途半端な設問で本当の老化の状態がわかるわけがない、と疑っている。ただ不安もある。つまりこの疑い深さこそが老化の深さかもしれないからだ。さらにぼくは、自分で俺は老人だからと言うときは平気だが、他人にあんたはもう老人だからと言われると面白くない。かなり面白くない。老いへの道は相当に複雑だ。

夫婦喧嘩

七十年以上も生きてきたから楽しいことも多かったが、後悔することも同じくらい多く、いまなお反省がつづいている。

その一つが結婚してから四十六年間にあった妻との数々の諍《いさか》いだ。そしていつまでも悔いるわけは、諍いのすべての原因がぼくにあったうえ、そのどれもが愚にもつかないくだらないきっかけで起こったことだったからだ。それが情けない。いまでも思い出すたびに気分が悪くなり、アッと叫んで気を失ってしまいたいくらいだ。

ぼくの記憶というものの最も古いものには二つあって、一つは四歳のときの夜、家の窓の下に狸《たぬき》がきてぼくを見上げていたこと。もう一つが五歳のとき父が出刃《でば》包丁を持って母を追いかけている光景だ。

何とも暗い絵だが、福島県から北海道へ出稼ぎにきた父母が十六年間の炭焼《すみや》きをやめて開拓農家になったばかりの貧しかったときの風景だ。

父母は北海道でおカネをためて故郷の喜多方へ帰るつもりだったようだが、おカネがたまらないうえ子供が六人も生まれて帰郷を断念、父母ともかなり苛立《いらだ》っていたに違いない。それで夫婦喧嘩が絶えなかったのだろう。

そのころ父は三十九歳、母は四つ年上の四十三歳くらいだったはずだ。夕食どき父母はいつも二人で酒を飲み、機嫌のいいときは父が郷里の「会津磐梯山」を下手くそに歌い、母がこれまた調子はずれで「江差《えさし》追分」を歌った。しかしちょっとしたことから酔った母が「こんな地の果てまで連れてこられて、おれは会津にいたらもっとましな結婚ができたんだ」と喚《わめ》いた。母は自分を「おれ」と言った。

それを聞いた父がいきなり「出てけ、貴様」と怒鳴って飯《めし》茶碗を母にぶつける。母が立ちながら「なんだ、こんな貧乏させやがって、甲斐性なし」と言って逃げる。父が「なんだ、この野郎」と叫んで立ち、ストーブのそばにあった薪《まき》を持って追いかけ母を叩く。姉や兄嫁が父の体に抱きついてとめ、ぼくも父の脚にしがみついて引きずられながら「父ちゃんやめて、父ちゃんやめて」と泣き喚いた。

怒り狂った父はぼくらを振り払い、台所から出刃包丁を持ってきて母を「ぶっ殺してやる」と追い回した。

ぼくが子供のときに見た父母の喧嘩は、おそらく一カ月か二カ月に一回くらいだったはずだ。それなのに、ぼくが十三歳で市街の学校へ転校して家から離れて十年たっても二十年たっても、記憶の中では父母が毎日のように怒鳴り合っていた気がするのだ。これがつらかった。

それでそのころ心に決めたことは、自分が結婚したらけっして妻と喧嘩しないということだった。

しかし三十歳過ぎたころのぼくは愚か過ぎ、小説を書くことだけに気持ちを奪われて自分を見失い、自分勝手で我侭《わがまま》で、愚痴を言い意地を張り、妻とたびたび諍いを起こした。ほとんどはぼくの自制心のなさが原因で、妻が争いごとの発端をつくったことはない。何よりも東京で彼女と出会ったとき、ぼくが彼女をそそのかして家出させ結婚、北海道まで連れてきたのだ。もめごとを起こしている場合ではなかった。

妻と結婚して六、七年たったころのことだ。その日、どうして妻ともめごとが起こったのか理由は忘れたが、はっきりしていることは原因をつくったのはぼくに違いないということだ。働きながら書きつづける小説が認められず、ぼくはその苛立ちと焦りをおさえきれずに妻にも向けていたのだろう。幼かった。

とにかくその夜、妻は泣きながら「もうあなたとはいっしょにいられない、出て行きます」と言って荷物をまとめ出したのだ。

ぼくは驚き慌《あわ》て、おろおろしたが、三歳の子供もいるのだから本気で出て行くことはないだろうと思っていた。心の底では早く妻に謝《あやま》らなければと思いながら、意地もあって言い出せなかった。

妻が箪笥《たんす》の中から出した物を詰めたボストンバッグを持って子供を背負い、黙って玄関へ歩いた。その頰を涙が伝い落ちていた。

妻が靴を履《は》きはじめ、ぼくは飛び上がるように立った。大変だ、と思った。しかしどうしていいかわからないまま上がりがまちへ行った。目眩《めまい》がした。

靴を履き終わった妻がボストンバッグを持ち、玄関の扉をあけたところだった。とっさにぼくは妻に向かって「おまえの持っていく物、みんな自分の物ばっかりだろ。だったら俺《おれ》だっておまえの物だろ、俺も持ってけよ」と口走った。

妻の動きがとまった。彼女はそれからしばらく突っ立ったままでいたが、やがて開きかけていた扉を閉めるとゆっくり靴を脱ぎ、茶の間へ戻った。

それから四十年たったいまなお、あのとき自分の口から出た言葉の突飛《とっぴ》さに驚く。

Ⅱ　愛ある人生

前借り

ぼくは若いころ、勤め先からほとんど毎月のように給料を前借りするのが習慣だった。考えてみれば、まだ働いていないぶんのおカネを、たぶんこれから働くだろうという想定で何の担保もなしに貸してもらうのだから身勝手もはなはだしい話だ。もちろんぼくも悪い習わしであることはわかっていたし恥ずかしくもあったが、とにかくおカネが必要なのだから仕方なかった。

今から五十年ほど前でサラ金というものもなく、おカネをつくるには質屋があったが、二十歳を過ぎたばかりの男に質屋へ持って行く品などあるわけがなかった。

ぼくは一九五六年四月、北海道新聞社へ入社した。貧農の子に生まれたうえ、第二次世界大戦が終わってまだ十年ほどしかたっていないときで、札幌へ下宿したときの持ち物は夜具一式だけだった。それで初めてもらった八千五百円の給料で六千円の下宿代を払ったあと、安い座り机と広辞苑を買うと一円も残らなかった。

二度目からの給料は、下宿代と、何人かの同人で発行し出した同人雑誌の印刷代に消えた。職場の人に酒場へ誘われ、ツケで飲んでは給料日に払うためおカネがなくなり、背広や靴は月賦で買った。他人から見えない下着や靴下はボロボロになっても穿《は》きつづけた。

問題は同人仲間と飲む酒代の工面が大変だったことだ。まだ給料を前借りするという知恵もなかったし、何よりも北海道新聞の本社には千五百人もの社員がいたが、前借りする人など聞いたこともなかった。かりに前借りするとしたらまず直属の職場長にハンコをもらい、さらに局長にでもハンコをもらい、次に経理部長のところへ行って前借りの理由を話してハンコをもらい、やっと借りられるものに違いなかった。

その経理部まで行く間にたくさんの同僚や社員に見つめられる自分を想像すると、とても恥ずかしくて前借りなど考えられなかった。

二十四歳のとき東京支社へ転勤になってから事情が変わった。支社の社員は百二十人ほどと少ないうえ都会生活の厳しさなのか、給料の前借りをする人がいるらしいことがわかったのだ。これは朗報だった。とにかく質屋へ持って行く物などないぼくにとって、給料の前借りは不可欠なのだった。

東京でも勤めながら下手な小説を書いて同人誌を出し、毎晩のように仲間と新宿で酒を飲んだ。この酒代にカネがかかった。本も売ったが、自分の命だとまで思って最後まで手放さなかった嘉村礒多全集と梶井基次郎全集を質屋へ運んだときは、つらくて涙が出た。しかし酒は飲みたかった。

ある日ぼくは必死の決意で、同僚に隠れて経理へ前借りに行った。課長は想像していたよりも優しく「こっちでの生活、大変だろ」と言ってくれた。嬉しかった。

それからは毎月のように前借りに行った。やがて経理課長と親しくなってときおりいっしょに酒を飲むようになり、前借りもしやすくなった。これはありがたかった。

ある日、経理課長から職場のぼくへ電話がかかってきて「きょう仕事が終わったら飲みに行くべ」と誘われた。ぼくがおカネがないと言うと課長は「なんもだ。ハンコ持ってくればいいだろ」と言った。前借りさせるからそれで飲もうというわけだ。ぼくは苦笑しながらハンコを持って彼のところへ行き、その晩、借りたおカネを全部飲んでしまった。

ぼくの給料が三万円以下だったとき一回出す同人誌代が二十万円は大金《たいきん》だったが、おカネが惜しいとは思わなかった。情熱なのか単にぼくの金銭感覚が狂っているのか、よくわからなかった。

やがて経理課長が別の人に交代したが、ぼくの前借りはつづいた。新しい人も静かで内気そうな人だった。

ある日ぼくは前借りに行った。今回はいつもより多額で、ぼくの給料の全額より多い三万円を頼んだ。同人誌は一応ぼくが発行・編集をしていて、たまにはみんなにごちそうするおカネが入り用なのだ。だが経理課長にそんなふざけた理由は言えず、母親の具合が悪そうなのでちょっと様子を見に北海道へ行ってきたい、と嘘をついた。

経理課長は「そりゃ大変だ」と言った。ぼくは「今度の給料で引いてください」と言った。すると課長は「君、一回で引かれてしまったら給料残らんだろ」と心配そうにぼくを見た。

ぼくは調子に乗って「ほんとは六月のボーナスで引いてもらえれば助かるんですが」と言った。まだ三月だった。かなり図々し過ぎると思ったが、このさい仕方なかった。

課長は少し考える表情をしたあと「よし十二月のボーナスでいいぞ。それなら君もいいだろ」と言ったのだった。ぼくは絶句したまま立ち尽くした。

それから五十年近くたったが、ぼくはあの課長の優しさを忘れない。

廊下で

講演をお受けしたあとまず考えることは、何としても当日の体調を万全にしなければということである。どういう話をするかは二の次だ。

ということは、ぼくなんかの講演にでもたくさんの方が時間をつくって聴きにきてくださる。主催者は何カ月も前からポスターを作ったり会場を探したり、人集めに苦心したりして準備をする。

そうしたときに、ただ喋《しゃべ》るだけのぼくが風邪を引いたとか足腰がどうとか言って講演の取りやめを考えている場合ではない。それこそ這ってでも会場へ行かなければ集まってくださる方々に申しわけないと思うからだ。

それで講演の五日前くらいから体調を整えることに気をつかう。風邪を引かないようにし、深酒をしないようにし、おかしな物を食べないよう注意する。ここ十年前から毎年、十月にインフルエンザの予防注射もしてもらっている。

講演に出かける三日前あたりに風邪薬や体温計、熱さまし、整腸剤などを用意、汗をかいたときのために着替えの下着シャツも三枚ほど持つ。

前の日は酒を少なめにして早く寝る。この好きな酒の量を減らすことが一番つらいが、仕方ない。そうでなくても脳味噌の量が少ないぼくのこと、二日酔いと寝不足が重なってろくな話ができないなどの醜態でもさらしてしまったら、それこそ大ごとだ。

だがこれだけ用心しても当日になって急に体調が崩れることがある。九州とか四国、沖縄や和歌山など遠いところの講演には往復に四、五日かかることもある。それで出かける前に、雑誌や新聞に連載しているエッセイなどを四、五本書きためるのに神経をつかって疲労、熱が出たりする。

考えてみればこれも、ぼくがもっと早くに原稿を書いておけばいいものを、せっぱ詰まり追い立てられて書くなどだらしないためだからどうしようもない。すべて自分の責任だ。

十五年ほど前、ある小さな港町へ講演に出かけた。三日ほど前から風邪ぎみになり、当日の朝も体温が三十七度五分あったが薬を飲んで飛行機に乗った。

ところがその街へ着いても体がだるくて喉が痛く、体温が上がっている感じだった。

それで空港で乗ったタクシーの運転手さんに聞いて町医者へ連れて行ってもらった。とにかく講演が終わるまでこれ以上熱が上がらないよう、注射か点滴でもお願いしようと思ったのだ。

古びた飲食店や酒場が並ぶ通りのボロなビルの一階にある病院だった。待合室というものもなく、診察室前の廊下の壁ぎわにある四人掛けのくたびれ果てた長椅子に、五十歳前後に見える男の患者が一人、座っていた。

男が着ている上下つづきの鼠色の作業服のあちこちにはセメントが白くつき、髪はぼさぼさで口のまわりや顎《あご》の髭《ひげ》が黒く伸びている。廊下から診察室へ入る出入り口には扉もカーテンもなく、ぼくから中の様子が半分ほども見えた。

様子から見て、その病院には六十代半ばくらいの男の医者と中年女性の看護師の二人しかいないようだった。大丈夫かな、こんな病院で、とぼくは少し不安になったが、とにかく熱を下げてもらうだけだからと思う。

医者が患者の名前を呼び、作業服の男が中へ入って行く。少し間があったあと男が、腹が痛いと言っている。

医者が「酒くさいね」と言うと男が鼻先で笑い「当たりまえでしょ。一日、十六時間も稼いでんだから」と酒を飲むこととあまり関係ないことを言う。

しばらくして医者が「胃炎だな。痛みどめの注射をして飲み薬を出しとくから、栄養とってぐっすり眠るんだね。酒は少しやめて」と言う。

すかさず男が「笑わせるよ、あんた。俺《おれ》が出稼ぎにきてる間に、おっかのやつ別の男と逃げてっちまったんだ。俺、帰るとこないんだよ。これでぐっすり眠れってのかい。酒やめれってか？」と喚《わめ》く。

医者の声はしない。

やがて注射がすんだらしく男が「俺、きょうカネ持ってないんだ」と言った。医者が「稼いでカネが入ってからでいい」とこたえる。

すると男がせせら笑いながら「先生、みんなにそんないいカッコしてんの？　そんで、みんなあとでカネ持ってくるかい？」と言う。やはりかなり酒に酔っている声だ。

医者が「いや、ほとんど持ってこないな」と笑う。男が「そうだろ。たぶん、みんなもうカネ持ってこないだろうな」と言ってクックッと笑う。

いきなり医者が大きな声で「そんなことわからんだろ。十年後か二十年後に持ってくるかもしれないだろ」と言った。男の声はしなかった。

少しして医者が低い声で「私は信じてるんだ」と言った。

ぼくは廊下で息を呑んだ。

リンゴ

物を書く仕事には締め切り日という約束がついて回るが、書いた物を雑誌に載せたり本にする以上、締め切りは仕方がない。

しかし原稿は三日か五日くらいは待ってもらえるが、講演の場合はそうはいかない。ぼくはこれまで比較的、締め切り日を過ぎないよう原稿を書いてきたが、それは別にぼくがすらすらと苦労なく書けたからというわけではない。それどころか小説でもエッセイでも、いつも一行々々、皮膚から脂汗がにじむほど苦悶しつつ生み出してきた。

要は締め切り間ぎわになって苦しみを味わいたくないため、早め早めに対処してきただけだ。

締め切り日までに書けないと編集者に、あいつは才能がない、と思われるのではないかと、それが不安で必死に早く書いてきたということもある。ろくに才能などないことがばれるのが怖いのである。

ぼくが四十代で勤めながら書いていたころ、締め切り日当日になっても書けなかったことがあり、編集者から電話がかかってきた。

ぼくは居留守をつかう。妻が電話に出て、ぼくが風邪で熱を出して寝ているとか親戚に祝いごとがあって出かけているとか、ぼくの入れ知恵どおりの作りごとを言ってその場をしのいだ。そういうことが何回かつづくと編集者も心得たもので、電話に出た妻が言いわけする前に「きょうも何か法事でもあった?」と皮肉を言うようにさえなった。

このように原稿の締め切りは、こっちの我侭《わがまま》で何日間かは延ばしてもらえるが、講演は決められた日に一つの場所にたくさんの人が集まってくださるのだ。こっちの都合で行けなくなったとか延ばしてほしいと言っている場合ではない。どんなことがあっても会場へ行かなければならない。

二十五年前、島根での講演のときだった。前の日の東京での編集者との打ち合わせのとき気がゆるんで酒を飲み過ぎ、朝起きて二日酔いを消そうと冷たい水をがぶ飲みした。胃と腹の具合が悪くなり、講演の最中も頭痛と吐き気がひどく、目眩《めまい》をこらえながらの苦しい一時間半だった。深く反省した。

静岡での浜松、藤枝など四日間つづけての講演のおりも疲労と風邪ぎみで熱を出し、途中、病院へ寄って点滴を打ってもらったこともある。

そういう不手際があって以来、講演の五日前からは徹底して体調に気をつけはじめた。一年間に五十回ほどある講演のたび、まず五日前から風邪を引かないことに最大の注意を払ってきた。

講演前のぼくの緊張は妻に感染する。彼女もぼくがおかしな物を食べて腹をこわさないようにとか、寝不足にならないように、酒を飲み過ぎないようになど、こまかく気をつかってくれる。


いくら用心しても体調をうまく調整できないこともある。八年前、鹿児島と熊本での五日間で五回連続の講演に出かける四日前、風邪を引いて三十八度五分の熱を出した。

ぼくの健康のときの体温が三十五度八分だから高熱だ。動転した。

病院へ行って注射をしてもらい、風邪薬や抗生剤を飲んで寝ていてもよくならない。

焦った妻が湯たんぽを二つ入れてくれて汗を出したり、頭を氷嚢《ひょうのう》で冷やしてくれたりと飛び回ったが、はかばかしくない。

講演に出発する朝になっても、まだ三十七度六分あってうろたえる。鹿児島へ着いてさらに熱が上昇し、演壇に立てなかったらどうしようと思うと、不安で頭の中が真っ白になってしまった。とにかく三百人もの人が集まってくれるのだ。

ぼくは怯《おび》えながらも旅行の支度をし、靴を履《は》いて玄関に立った。風邪薬のせいで頭がぼんやりし、足元がふらつく。

台所のほうから妻の「ちょっと待って」という声がし、走ってくる気配がした。息せききって眼の前にきた妻の顔は、上気したように薄赤かった。彼女は皮を剝《む》いた丸ごとのリンゴをぼくに差し出すと「まずこれを食べて」と言った。

ぼくが半分食べたころ、妻が残りのリンゴをぼくからひったくるように取ると、みるみるうちに自分で食べてしまった。

そして「これであなたの風邪は私に移ったから大丈夫。あなたは治《なお》った。さ、元気出して」と笑った。

ぼくは体を回して外へ出た。後ろ手に扉を閉めると、いきなり泣きそうになった。

優しい人たち

ぼくの親友の野村健さんが亡くなった。ぼくより五つ上の七十七歳だった。自分の一生を知的障がい者の幸せのためだけにおくった人だった。愚かなぼくは野村さんとの四十年のお付き合いによって、生きるとは福祉だということを知った。

大都市の市役所に勤めていた野村健さんが、どうしてもと懇願されて山奥の知的障がい者施設「銀山学園」の園長に就任したのは三十七歳のときだった。

野村さんは園長に就任してみて初めて、国のあちこちにある施設のどこもみな、重度の人を受け入れるのを敬遠していることを知った。それで野村さんはあえてその重い人を受け入れることにした。間もなく園生七十人、職員二十五人が揃《そろ》った。園生の年齢は十五歳から三十八歳くらいまでと幅広かった。

初めのころ園生の無断外出が多く、ある日、四人が揃って出て行き、村の家の窓ガラスを割って侵入、飲み食いしたうえカネまで盗んだ。しかしその家の主人は警察にも知らせず見逃してくれたことから野村さんは感激し、妻を下宿へ置いたまま自分一人で学園へ泊まり込み、園生といっしょに寝、いっしょに食事をしはじめた。

半月後、野村さんは山の施設から村へ降りたとき、園生がどうして無断外出するかがわかった。村の家々の光と人々が恋しかったのだ。さらには園生が施設にいるのが苦痛だからで、無断外出をやめてもらう方法は、無断外出をなくす手段を考えるのではなく、外出できる方法を探すことなのだということに気付いた。

野村さんはすぐに村の人たちに相談し、園生の村の家への訪問がはじまったのだった。

こうしてやがて村の家のほとんどが園生を受け入れてくれ、農作業の実習をさせてくれたり、家へ寝泊まりさせて炊事や買い物を教えてくれるようになった。

自動車修理工場の経営者・高橋賢彦さんが自宅へ下宿させてくれた二十三歳の園生は小学三年くらいの考え方しかできないうえ、盗み癖や夜尿癖があり、顔も洗わず歯も磨かず嘘もつくというありさまだった。その園生に高橋さん夫妻は日記をつけさせ、計算を教え、買い物をさせ、二年間も自宅へ置いて教えたあと、彼は独身寮へ移って自立、村の農家の手伝いなどをしはじめた。

また郵便局長の永富正さん夫妻は、この施設と地域の住民の結び付け役を買って出、帰る親元のない園生を村の小学生や中学生のいる家へ泊めさせてもらい、家族のかかわりや家庭の雰囲気を味わってもらうよう走り回っていた。そのように園生の世話に奔走する永富さん夫妻にたいして野村さんは心の中で、傷をもつ人間が自分の傷に気づかない間に傷が治《なお》るということがあるが、園生にとって彼ら夫妻はそんなふうに傷を癒《いや》してくれる人だと感謝していた。

いつも野村さんは、知的障がい者も地域の住民だ、地域がよくならなければ住民の幸せはない、住民が一体になって地域をよくしなければ、と思いつづけた。

野村さんのもとへ、園生を受け入れてくれている村人からいろいろな話や意見が伝えられてきた。悩みや苦情もあったが、多くは明るい話で、農家の一人は「園生は頼まない仕事までやってくれてありがたい。施設から出ることで刺激を受け、自立心が生まれるのです。園生は家庭訪問をして、そこの人たちと話すだけでいいのです」と言った。

またほかの村人は「私が家で普通の生活をしているところへ園生がきて『風邪引いたの？』『ご飯食べないと駄目だよ？』と言ってくれると、私は自分が園生のもつ優しさと正直さと純粋さの迫力に慰められ癒されるんです」と言うのだった。

た。野村さんが園長になって二十五年がたち、園生は百四十人、職員五十人になってい

た。野村さんは、自分はまだまだ福祉について未熟だと思っている。福祉という世界がもつ無限の深さに体が震えるほどの不安と希望をおぼえつつも、福祉が文化であるということだけは確信していた。福祉が低いということは文化が低いことだ、と思えた。そして福祉というのは幸福という意味であって、気の毒な人への施しや慰めなどではないということ。あくまでも幸福を受ける本人の立場で考え、その人たちといっしょに生きていこうという意味のことを福祉というのだと考えていた。

初夏で、ぼくはある用で学園を訪問していた。野村さんは園長室のソファに腰掛け、向かい合って座っている二人の女性に深く頭を下げた。新しく入園する二十一歳の娘と、付き添ってきた娘の母親だった。母親が両腕で娘の体を抱きかかえている。

四十三歳だという母親は髪はほとんど白髪のうえ眼が落ち窪《くぼ》み、顎《あご》が尖《とが》って七十歳以上に老いて見えた。彼女は瘦《や》せた体を前へ二つに折って猫背になり、野村さんに向かってかすれた小声で「すみません、すみません」と言っていた。急に娘さんのほうが、ぼくにははっきりとは聞き取れないような不自由な喋《しゃべ》り方で、ごもごもと何か言

いはじめる。しかし野村さんにはわかるようだった。

　娘さんは「ここへくる前、私がこんな体なんで母は何度も私といっしょに死のうと考えていたようなんです。母は隠してましたが、私にはわかってたんです。園長先生、助けてください」と言ったのだった。

　母親は娘の体を強く抱いたまま顔を伏せ、口の奥でぶつぶつ呟《つぶや》いていた。聞き取れなかった。

　野村さんは立ち上がって母親のそばへ行くと、ゆっくりしゃがんで母親と娘の片方ずつの手を握った。そして「お母さん、ご苦労さまでした。つらかったでしょう。もうご安心ください。私がお嬢さんをおあずかりします」と言ったのだった。

　いきなり母親が両手で自分の顔をおおい、声を上げて泣き出した。娘の眼から涙が飛び散った。

アルバイト

ときどきふっと過去にあった場面を思い出すのは、それが生き方の分岐点だったかもしれない、という気もする。その一つが苫小牧《とまこまい》工業高校のときの寄宿舎生活だ。それも食べ物のことばかりだ。

一年生のときは自炊だったので、食べ物は米麦から味噌汁の具まですべて自分で調達し、煮炊きをしなければならなかった。もちろん七輪に使う木炭もストーブに焚《た》く石炭も自分で買った。

貧農だった実家の仕送りから授業料などを払うと残る食べ物代はわずかで、一日のおかずは納豆一個だけだ。それで学校での授業中も勉強などそっちのけで、一年じゅう食べ物の心配とおカネの心配ばかりしていた。昭和二十九年、ぼくは高校二年だった。

ぼくら寮生がおカネを稼ぐ唯一の方法がアルバイトだった。学校が休みの毎週日曜日だけ、地元の会社などからくるアルバイトの求人におカネのほしい寮生が殺到する。寮生は六十八人いたが、そのうち実家がカネもちの生徒はたっぷり仕送りしてもらっているためアルバイトの必要はなく、毎週の求人に顔を出すのは三十五人くらいだ。

　しかし会社からの求人数は毎回、五人から七人と少なく、非常に激しい競争なのだ。選ぶ方法はジャンケンで、ついてないと一年間、一度も選ばれない生徒もいたし、ぼくなんかも七回に一回、当たる程度だった。


　冬の二月で、寒い日曜日の早朝だった。蒲団《ふとん》の中にいると廊下で「アルバイトだぞお」という寮長の叫び声がし、ぼくは飛び起きた。まだ五時で外は暗い。寝間着のまま部屋を出、寮長のところへ走った。あちこちの部屋からも寮生が集まってくる。

寮長が大声でアルバイトの内容を説明する。樽前山《たるまえさん》の中腹での除雪だという。丸太を運び降ろすトラックのために山道の雪をよける作業で、賃金は二百五十円だという。その二年ほど前の日本人のおとなの日雇い労働者の日給がニコヨン、つまり二百四十円だったころだ。求人数は五人で、昼飯を会社が出してくれると聞き、集まった寮生から歓声が起こった。

　さっそく二十人ほどの寮生がジャンケンをはじめる。しばらくかかったあと、なんと、ぼくは勝ち進んで五人の中に残ったのだ。奇跡だと思った。嬉しかった。

部屋へ戻って、昨夜炊いた冷たい麦だけの飯と福神漬けだけで朝食をすませ、七時に迎えにきた大型トラックの荷台に乗る。外は雪だった。トラックには幌も囲いもないから、走り出すと風雪が顔にぶつかってきて痛いくらい寒く、ぼくらは荷台の中にうつぶせた。

樽前山中腹の標高五百メートルあたりはかなりの吹雪《ふぶき》で、道は雪に埋まっていた。ぼくらは中年男の指示で腰くらいまである雪をはね、道を開いていった。

午前八時からはじめ、昼に一時間休んで二個の握り飯を食べ、夕方の六時半まで十時間近く働いて作業をやめたときは、空腹と過労で口もきけなかった。もう真っ暗だった。

山を降りたあと、ぼくら五人は這うようにしてオヤキ屋に寄り、ぼくは餡《あん》このたっぷり入った一個十五円のオヤキを五個食べた。まだ腹はへっていたが、これから先の飯のおかず代を取っておくため、ただで飲める番茶をヤカン一つ飲んで腹を満たした。

二百五十円からオヤキに七十五円払い、帰りに一升九十円の醬油を買った。醬油さえあれば、味噌汁やおかずがなくても醬油を直接、麦飯にかけて食べられるからだ。残った八十五円で一個八円の納豆を十個買い、毎日一個を一合の醬油に溶かして朝昼晩、六杯の麦飯にかけて食うのだ。八十円で十日間のおかず代ができた。

それから半年ほどたった日曜日、廊下で寮長が「アルバイトだぞお」と叫び、当然ぼくも飛んで行った。今回は病院からA型の血液を千ccほしいと言ってきたという。一人二百ccで五人だ。寮長が、牛乳代が出るそうだ、と言った。それをぼくは希望を込め、一人百円とふんだ。寮長がA型でもO型でもいいそうだと言い、集まった十五人のうち十三人のA型とO型でジャンケンになった。ぼくはO型だ。

ジャンケン組の中に、ぼくと同室でぼくより一つ上の三年生の人が入っていて、ぼくは驚いた。彼の実家はおカネもちで、授業料などは三カ月分も前納しており、彼は三食、米だけの飯にシャケの缶詰とか卵、豆腐などのごちそうをおかずにしているのだ。血を売る必要などないのだった。

ぼくはジャンケンに敗《ま》け、がっくりして部屋へ帰った。おかず代がほしかった。間もなくジャンケンに加わっていた同じ部屋の先輩が小走りに戻ってきた。そしてぼくに向かい「俺《おれ》が勝った。コヒヤマ、おまえに譲る、行け」と言った。

ぼくは絶句して先輩を見つめた。彼はぼくのためにジャンケンに加わってくれたのだった。

握り拳の中

ぼくの息子は小学校四年のとき風邪をこじらせて入院した。病院は札幌市内の、家から近いところを選んだ。家には小学一年生の娘がいるため、妻は夜は息子に付き添い、朝に自宅へ帰ってきて娘とぼくの食事を作る。

ぼくは昼間は勤めに出て夜の六時ごろに帰宅、夜中の一時まで小説を書いたが、一日に一度は病院へ息子の様子を見に行った。

その病院の、息子がいる三人部屋の隣の四人部屋に、中学一年だという少女が入院していた。彼女は息子が入院した日に部屋へ入ってきて自分の名前を言ったり、妻に息子の様子を聞いたりした。顔色もよく元気そうで、病人には見えなかった。

少女は病室をめぐり歩いては患者に追い払われたり、看護師さんに叱られたりしていた。看護師さんの話では、少女は一カ月前に胸が苦しいと言って入院してきたが、いまではすっかり治《なお》り、医師が、「どこも悪くないから退院しなさい」と言っても、

「おなかが痛い」と退院しないのだという。

少女はぼくらの部屋へもしょっちゅう姿を見せ、三つ年下の息子を弟でも励ますみたいに世話してくれた。額に載せてある氷嚢《ひょうのう》を直したり、点滴の液がなくなると看護師さんを呼びに行ってくれたりした。

ただそういうときでも少女は、左手だけは拳のかたちに握りつづけていて、手を開いたところを見せたことがなかった。顔立ちの美しい少女だったが、いつも眼が泣いたあとのように濡れていた。

あるとき少女と同室の五十歳くらいの女の患者がぼくらの病室へきて、少女のことを話した。

少女の父親は札幌で運送業をしていたが、三年前に事業に失敗して夜逃げし、行方がわからないままだという。その半年後、こんどは三十八歳の母親が酒場で知り合った若い男と蒸発してしまい、少女は捨てられてしまったというのだ。

その後、少女は母方の一人暮らしの祖母に引き取られたが、その祖母に殴られたり食事を与えられなかったりの虐待を受けるため、家へ帰りたがらないというものだった。それで病院はいま、少女をどこかの施設へ入れようと引き取り先を探しているのだという。

妻が食事の支度で自宅へ戻るときなど少女は「お兄ちゃんは私が見ててあげるから大丈夫、ゆっくり行っておいで」と言ってくれた。「私、小さい子の世話するの好きだから」と笑った。淋しそうな笑いだった。

ぼくらがいない間、少女は息子にご飯を食べさせてくれたり氷嚢の氷を取り替えてくれたり、薬を飲ませてくれたりした。

息子が退院する前の日の夜、夕食のあと少女は忍び足でぼくらの部屋へ入ってきた。緊張した表情で、目尻も眉尻も吊り上がっている。妻とぼくの前へくると、握っていた左の掌をそろそろと開いた。切手ほどの小ささに折りたたんだ紙切れが出てきた。紙片は湿って黒っぽく変色し、たたんだ角はすり切れて白い。

紙切れに書かれている数字は少女の母親の電話番号だった。少女はいままで二度、自分で電話をかけたが、一度は男に怒鳴られ、二度めは母親に怒鳴られたという。それからは恐ろしくて母に電話をかけることができなくなって、いままできたのだと言った。それで妻に、かけてほしいのだという。少女の声は震えていた。〇六という市外局番から見て大阪方面に思えた。

受付わきの公衆電話へ行き、妻がその番号へかける。何回かの呼び出し音のあと

「おかけになった電話番号は、現在使われておりません」という声が入る。かけ直しても同じだった。

妻が受話器を置いて少女に説明すると少女は「お願い、もう一回かけてみて」と言う。両手を顔の前に合わせ、拝む恰好《かっこう》をした。泣き出しそうな表情だ。

三回目も同じ声が返ってきた。母親か、いっしょにいる男が電話番号を変えたものに違いなかった。少女は妻が差し出した紙片をそろそろと受け取ると、再び小さく折りたたんで左手に握りしめ、顔を伏せた。その眼から棒になってしたたり落ちた大粒の涙が、床で砕け散った。

それから六年がたち、ぼくの息子は高校へ入った。ぼくの十冊目の著書『雪嵐《ゆきあらし》』という小説が講談社から出版され、サイン会や講演で疲れたのか右の肋骨《あばらぼね》の奥に鈍痛が生まれ、以前、息子が入院した病院で診てもらう。肋間《ろっかん》神経痛だと言われた。診察室を出るとき思いつき、この病院に永く勤めている感じに見える看護師さんに、六年前、入院していた少女のことを聞いてみた。彼女は笑顔を見せると「あの子、ここの院長のお力添えで、いま看護学校へ通ってます」と言った。明るい声だった。

ぼくは礼を言うと廊下へ出た。よかった、と思った。

一人旅

ぼくは英語が話せないし聞いてもわからないから、街で外国人が道でも聞きそうな気配で近づいてくると、素早く歩く方向を変える。

走って逃げたりするのは相手に失礼なうえ、相手にはっきり「ああ、この日本人は英語が話せないんだ」とわかられてしまうため、急用でも思い出したような表情をしてくるりと身をひるがえすのだ。情けないが仕方ない。

もう二十年以上も前になる。そんな英語を話せないぼくに、ある雑誌からアメリカへ取材に行ってこないかという話がきた。当時ぼくは、その土地の風土や歴史を味わうには裸足で歩くに限ると言って、札幌や東京などの街路を靴も靴下も脱いだ素足で歩いていたのだ。そのことを聞いた編集者がぼくに、十日間ほどアメリカを素足で歩いてきて雑誌にルポルタージュを書けという注文なのだ。

それは面白いと乗り気になった。ところが同行者はつけない、一人で行ってくれと言うのだ。冗談じゃない、英語を話せない者が一人でアメリカへ行けるわけがないと言うと編集者は「なんもだ、英会話のテープを買って一週間も練習すればペラペラだ」と笑った。

もちろんぼくがそんなことを真《ま》に受けるわけはなかったが、アメリカ旅行には魅力があった。というのは、ぼくはアメリカの作家のフォークナーやヘミングウェイが好きだったし、とくにぼくの小説はアンブローズ・ビアスのシニカリズムの影響を受けていると考えていたから、アメリカの風土に触れてみたかったのだ。

それに飛行機は往復ファーストクラス、ホテルは一流を使っていい、原稿料もはずむと言われ、英語も喋《しゃべ》ることのできないぼくは愚かにも眠れないほど迷いに迷ったあげく、半月後の出発を承知したのだった。

その日すぐ英会話のテープと英会話の本を買った。手帳には自分が使う必要な会話を書き出し、入国手続き、税関、タクシー、ホテルなどで相手がこう言った場合はこうこたえるという問答を書き抜いた。たぶん相手の言っていることはわからないだろうから、相手の言う内容は無視して、こっちの言いぶんだけを一方的に言って押し通すことにする。無謀というか羞恥心がないというかだが、いま行かなければアメリカなど一生行けないに違いないのだ。

友人たちが、アメリカではギャングがすぐピストルを出してカネを要求するから派手な服装はするなと忠告してくれる。それでぼくは上衣は千円の黒いジャンパー、ズボンも黒で千円、靴は五百円の黒いズック。バッグは折りたたむと握り拳ほどになる黒いビニール袋一つだけ。身につけるもの全部で五千円もかからなかった。着替えも持たず、トランクも何も持たない。

旅の用意をしながらも行くべきかどうか迷いつづけ、出発の朝になってもまだ迷っていた。何たって英語が駄目なのだ。


一九八八年六月二十九日、ニューヨークのケネディ空港へ着く。入国審査のとき女性の係官に早口の英語で質問されたが、ぼくには何を言っているのかまったくわからない。それでたぶん入国目的、滞在期間、職業だろうと推察し、手帳から選んでこたえる。声も足も震える。

係官がぼくを見て首を大きくかしげた。明らかに彼女の質問とぼくのこたえがずれている顔つきだ。ぼくは慌《あわ》てて眼を伏せた。首や背中を汗が流れる。もし係官が次に何か言っても意味はわからないのだから、こっちで勝手にワシントン、ボストン、ニユーヨークを回る予定とこたえようと思う。そう思いながらぼくは自分を三歳ぐらいの知能しかない幼児みたいに感じた。せつなかった。

　係官が頭を左右に振り、こりゃ駄目だ、というしぐさをして顎《あご》を、行っていいというようにしゃくった。

　次の税関に並んでいると制服姿の係官がぼくのところにきて警察手帳みたいなものを見せ、こっちへこい、と言う。そしてぼく一人だけ別の部屋へ連れて行かれ、驚きで目眩《めまい》がして倒れそうになった。

　係官はぼくのパスポートを光にすかして見たあと、バッグの中の物を全部出し、風邪薬から下痢どめまで片っぱしから調べる。ワシントンの友人に持ってきた貝柱の薫《くん》製《せい》をこれは何だ、と聞かれ暗記してきたアンアダクターとこたえる。係官がびっくりした眼をしてぼくを見た。この英語も間違っていたようだった。

　とにかく係官の言葉の意味がわからないのだから話にならないのだ。こっちが手帳から適当にひろい出して当てずっぽうにこたえるのだから当然、問答がずれるわけだ。

　やがて係官はぼくの対応にギブアップし、こいつ麻薬の運び屋でもなさそうだし、そう悪い奴でもなさそうだと思ったらしく、解放してくれた。

　人で埋まる空港ロビーに出ると、日本人はぼく一人しかいなかった。怯《おび》えで体が震えた。

ケネディ空港からワシントンへ乗り継ぐＴＷＡ空港ターミナルへ行くため、黄色いタクシーに乗る。ところがメーターがついていない。不安になって運転手に空港までの料金を聞くと早口の濁った英語で「ホーリハイ」と言う。わからない。ゆっくり言ってくれと頼むと走りながら紙に書いてよこした。

四十五ドルだ。だったらフォーテーファイブだろ、と思う。それにしても高過ぎる。五分で着く距離のはずだからチップを入れても七、八ドルでいいはずだ。ぼくは「ノーマネー」と言った。こういう場合はそう言えとガイドブックに書いてあったからだ。運転手が「いくらあるのか」と聞くので十五ドルしかないとこたえ、それだけ渡した。

アメリカへ着いたとたんにボラれてがっくりきたが、へたに文句を言って変なところへ連れて行かれるのも怖くて我慢する。ＴＷＡ空港ターミナルでの英会話集を見ながらのしどろもどろの英語での搭乗手続きでもくたくたに疲れ果て、ふらつきながら9番ゲートへ向かう。途中トイレへ入る。するとぼくを追いかけるように、空港職員の制服を着た黒人女性三人が入ってきた。早口で何か言いながら扉のマークを指差す。

何と、ぼくが入っているトイレは女性用なのだ。ぼくは気が動転し、その職員に謝《あやま》りながら外へ飛び出した。情けなく、目眩でよろけた。

ワシントンの友人の水上武夫さんは北海道新聞支局長のため仕事があり、朝の九時から夕方六時まではぼく一人で街を歩く。ホワイトハウス前の芝生でステテコ姿になり、自律神経失調症にならないための自彊術《じきょうじゅつ》という体操をしていると二十人ほどの通行人が足をとめ、遠巻きにぼくの動作を見ていた。

スミソニアン博物館へ入ったあと裸足になり、リンカーン記念堂からワシントン記念塔までの土の道を歩く。足の裏は脳味噌の直属支配で、触れるものの風趣や歴史、情緒、哀歓を感受するとぼくは思っている。

歩く途中、おとなしそうな通行人を選んでカメラのシャッターを押してもらう。ぼくが自分の裸足を指差してここを写してくれと言うと、彼らは笑いつつもぼくを警戒しているのがわかる。怯えのため眼つきが悪くなっている黒ずくめの日本人の、わけのわからない英語での頼みに困惑しているのだ。

昼飯は安そうなレストランを見つけて入り、メニューからエッグとかハンバーグの文字がついている品を選ぶ。それがないときは近くの客が食べている品をウエートレスに眼で指し示し、英語で「あれ」と言う。

支払いのときもレジの人の言う金額が理解できないことが多く、聞き直すのも恥ずかしく、わかったふりをして大きな額の札を出しては釣り銭をもらう。だから小銭ばかりがどんどんたまってしまった。

ボストンへ行き、ホテルのロビーへ入るとイタリア系の絶世の美女に「ベトナム人と待ち合わせたのだが、あなたはそのベトナム人だろう」と声をかけられた。日本人だと言うと彼女は「いや、あなたはベトナム人だ」と妙なことを言う。ぼくは笑って彼女から離れた。もしかすると噂に聞いた高級娼婦がぼくを選んだのかもしれないが、よりによってカネも学もない身なりの貧しい物書きにぶち当たるとは、彼女の選択眼もたいしたことはないと思った。

そのレストランで食事をしていると黒人のボーイがぼくに「あなたはセイジオザワか？」と聞いてきたのにも耳を疑った。まさかあのボストン交響楽団監督で指揮者の小澤さんのことではないだろうなと思う。もしそうだとしたらぼくのぼさぼさの髪が少し似ているだけで、あとは似ても似つかぬ姿なのだ。まったくこのボーイはどういう眼をしているのだろうと笑ってしまった。ボストンは面白いところだ。

ボストンに三日間、ニューヨークに五日いて日本へ帰る前の日、ぼくはスーパーマーケットでサンドイッチや缶ビールなどを買ってレジに並んだ。若い女性のレジスターの言う濁《にご》った早口での金額がわからずおろおろしていると、ぼくの後ろに並んでいる七十五歳くらいのアメリカ人女性がぼくに英語で「あなたは日本人か」と聞いた。そうだとこたえると彼女は、レジの女性のほうに向いていた代金表示板をくるっと回してぼくのほうに向け、レジの女性に向かって「この人は日本人で英語がよくわからないのだ。あなたがわかるように話しなさい」と叱る口調で言ったのだ。

ぼくはびっくりした。レジの女性は一瞬、眉を寄せたがすぐ笑顔になり、丁寧《ていねい》な発音でゆっくりと金額を言った。それはとても感じよかった。

ぼくは二人の女性に礼を言った。すると年上のほうの女性がぼくに「ハブアナイストゥリップ」と言ってニコッとほほえんでうなずいたのだ。「どうぞ良い旅を」と言ってくれたのだった。

ぼくは一瞬、胸が詰まり、アメリカへきてよかった、と思った。

暑い日

自分で言うのは自慢げになって気恥ずかしいが、ぼくは小学生から高校生くらいまで、バスや汽車の中では必ずといっていいほど、お年寄りや赤ん坊をおぶっている女の人には席を譲った。

べつに照れくさくもなかったのは、ぼくが電気もきていない、ラジオもテレビもない石油ランプ生活の山奥の農村に生まれ育った世間知らずの無知な田舎者だったせいもあるが、村のまわりの誰もが体の具合の悪い人やお年寄りのめんどうを見るのを見てきて、そうするものだと思っていただけかもしれない。

それが二十歳過ぎに東京に住むようになってから、乗り物で席を譲るのを躊躇《ためら》うことが多くなったのは、照れくさいこともあったが、まわりに譲り合う光景を見なくなり、自分だけそうすると、あいつカッコつけて田舎者めが、と思われるのがいやだったからでもある。なんとも情けない青年だった。

東京に九年近くいたあと札幌へ帰ってきて、地下鉄で勤め先へ通った。三十年間で二万回乗ったが、席へ座ったのはひどい二日酔いのときの三回だけで、あとは立っていた。

立っているのが好きなのと足腰を鍛えたいためでもあったが、座っていてお年寄りがきたとき、いちいち何とか言って譲るのがきまりが悪くてめんどうだったため、それなら初めから席を空けておいたほうがいいと思ったからでもある。

その後、アメリカやイギリス、フランスなどの公共の乗り物に乗って感じたことは、どこの国でもお年寄りはだいたいが席に座っていたことだ。

以前、新聞に各国の乗り物で体調の悪い人や困っている人に席を譲る率という統計が載っていたことがあり、アメリカが五十一％、イギリスが六十三％、日本がなんと十九％だということでたまげてしまったことがある。その記事には乗り物で席を譲る率は、その国の民度のバロメーターにもなりうると書かれていて、ショックを受けた。

ある八月の暑い日だった。札幌市内での午前十時からの講演に間に合うよう、ぼくは朝の八時に家を出て札幌の地下鉄に乗った。タクシーだと通勤自動車などの渋滞に巻き込まれて、遅れる恐れがあるからだ。

当然、地下鉄も込んでいて、乗客は暑さと混雑で表情が歪《ゆが》み、みな苛々《いらいら》しているのがわかった。車内放送が、換気の利きが悪くて申しわけない、と言っている。そう聞くとよけい暑く感じ、首や背中から汗が吹き出して気持ち悪い。ぼくは吊り革につかまって人波に押されつづけた。

間もなくぼくの横へ八十歳近くに見える、いかにも疲れきった感じの男の人が人に押されてよろけてきた。斜め前に腰掛けていた六十歳くらいの女性が、素早く荷物を持って立つと男の体を支えて空いた席へ座らせた。

老いた男はよろけながら「すみません、助かります」と言い、両手を合わせて自分の鼻の前に立てて拝む恰好《かっこう》をした。女性が「いやですよ、お互いさまですから」と笑う。

どの乗客の顔にも汗が流れている。老いた男に席を譲った女性の右腕を、後ろから誰かが軽く突つくのが見えた。

ぼくがそのほうを振り返って見ると、反対側の席へ座って膝へ大きなリュックサックを抱えている三十歳近くと思える青年が、席を譲った女性に「ここへ座ってください」と言って立ち上がったのだ。彼の額にも汗の粒が浮いている。照れくさそうな表情だった。

六十歳くらいの女性は少しの間、すぐ降りますから、いいですからと遠慮していたが、「これは、ありがとうございます」と言って席へ座った。

電車が駅へとまり、また動き出して人波が大きく揺れ動く。

そのとき、先ほど立って吊り革につかまり、大きなリュックサックの背負い紐《ひも》を肩に引っかけている青年に向かい、その前に座っていた二十二、三歳に見える女性が「リュックサック、ここへどうぞ」と言って自分の膝を手で二つほど軽く叩いたのだ。彼女の顔は上気したように真っ赤だった。

青年はちょっと戸惑う顔つきをしたが、すぐ「いやあ、すみません。じゃあお願いします」と女性の膝の上へリュックサックをそろそろと置いた。


ぼくは視線を斜め上へ向けると大きく深呼吸した。人間て凄《すご》い、と思う。自分の顔に笑みが浮いているのを感じる。暑さなど、すっかり忘れていたのだった。ちらっとまわりの乗客の顔を盗み見てみる。相変わらずみな汗まみれだったが、どの顔からも苛立ちが消え、笑顔に変わっていた。

ぼくは鼻を、フン、と鳴らした。乗り物で席を譲る率の日本人の数字、大間違いだ、と思った。

自炊

普通高校へ行くなら高校へはやらない、馬追《うまお》いになれという父の強制で、ぼくは苫《とま》小牧《こまい》工業高校の電気科へ入学した。数学が苦手で工業高校での勉強など自信がなかったが、そんな我侭《わがまま》を言っている場合ではなかった。とにかく山奥の炭焼《すみや》き小屋に生まれた子が、高校へ行かせてもらえること自体、夢のような幸運なのだった。

ぼくの入った寄宿舎は自炊で、三食とも自分で食事を作って食べなければならなかった。しかしぼくは七歳から飯炊きや雑巾《ぞうきん》がけはもちろん、薪《まき》切りから畑仕事、豚や綿羊の世話や雪はねなど何でもやってきたので、自炊ぐらいは楽なものだった。それにぼくはもう十五歳になっていた。

寄宿舎には十六部屋あり、六十八人が生活していた。ぼくの部屋は三年生一人、二年生二人、それに一年生のぼくの四人で、ご飯はそれぞれ自分で炊くわけだが、たいがいの部屋でときおり一年生が四人分を炊いていた。

入学して三日目から、ぼくは朝の四時半に起きた。四つの七輪《しちりん》を外の原っぱへ持ち出し、紙と木切れを燃やして団扇《うちわ》で煽《あお》ぐ。木炭に火がついたら七輪を部屋へ運び込んで四つの飯鍋をかける。

三年生と一人の二年生は米と麦が半分ずつ、もう一人の二年生は白米だけ、ぼくは米が一割に麦九割とほとんど真っ黒い飯だ。それで四人分を一つの鍋で炊くわけにはいかないのだ。米や麦や味噌は四人とも一カ月に一回、月末に実家から送ってくる。

一年生のぼくが飯炊きをする間、二年生、三年生は寝ている。ご飯が炊けると、ぼくは四つの味噌汁鍋を七輪へ載せる。これも上級生三人が豆腐や油揚《あぶらあ》げなどを買ってきてあり、前の晩のうちにぼくに、あしたの朝の味噌汁はこれで作ってくれ、と言われていたし、ぼくの味噌汁は中へ入れる具を買えないため単に湯に味噌を溶かしただけのものだから、四人分を一つの鍋で作るわけにはいかないのだった。

味噌汁ができる間、ぼくは部屋の板の間と部屋の前の廊下の雑巾がけをする。ご飯と味噌汁ができると寝ている上級生を起こす。おかずも四人がそれぞれ納豆やタクアンを近くの店から買ってきた。

寄宿舎と学校は八十メートルしか離れていないため、昼には寄宿舎へ帰って朝食の残りを食べてから学校へ戻る。

夕食作りも朝と同じだが、六時までに食べ終わらなければならない。というのは六時から九時までは強制的な自習時間で、外出はもちろん原則的に部屋から出ることも禁じられていた。その間、舎監《しゃかん》が勉強ぶりを見に巡回してくるのだ。舎監は昼間は学校で生徒に授業を教えている先生で、夜は寄宿舎へ泊まって寮生を監視、指導していた。

学校での六時間の勉強のほかに寄宿舎でも三時間も机に向かっていたのにぼくの成績が悪かったのは、もともと脳の量が少ないのだろう。

そのうえ電気の勉強が難解でわからないため、自習時間に武者小路実篤や堀辰雄、ヘルマン・ヘッセの小説を読んでいたからだ。

実家からのおカネは授業料や部屋で焚《た》く燃料代、ぼくらの小遣いまでまとめて月末に舎監あてに送られてきた。直接ぼくらに送ると、授業料などまで買い食いしてしまう恐れがあるからだろう。実際、寮生は常に腹をへらし、食い物に飢えていた。

月末、ぼくらは舎監から小遣いをもらい、それで毎日のおかずを買う。おかずといってもぼくの場合は一日に八円の納豆一個だけだった。

納豆一個で一日もたせるのは工夫がいる。朝、蕎麦丼《そばどんぶり》に納豆一個をあけ、醤油を一合入れて搔き混ぜつづけると、浮いている豆がつるつるになり醬油はかすかに粘ってくる。これをうまく六回にわけ、朝昼晩の合計六杯のご飯にかけて食べるのである。

しかし小遣いは半月でなくなる。そこであとの半月は炊けたご飯に一合の醬油をかけて蒸し、それを一日に六杯食べた。一升が九十円する醬油がなくなると生味噌《なまみそ》をご飯にかけて食べ、乗り越える。ときには月末前に麦も米もおカネもなくなってしまうことがあり、そういうときには部屋の者や隣室の人からご飯をもらって食いつなぐ。あるときぼくも何もなくなり、ウドンを買って食べようとやむを得ず舎監のところへ前借りに行った。

舎監はぼくが頼んだおカネを貸してくれながら言いづらそうに「じつはここ三カ月間、君の家からの送金がないのよな、だけど気にすんなよ、何か事情があるんだべ」と笑った。

いまぼくが借りたのは、舎監が自分の財布から出してくれた個人のおカネなのだった。

ぼくはおカネを受け取ったあと、下げた頭を長いこと上げることができなかった。

十五の春

ちゃんとしたことはわからないが、医師の資格のない者が人に注射を打つのは何かの法律に違反するものに違いない。法律に違反するとかどうとかよりも、危険な行為であることは確かだ。

もう七十年も前のことなので勝手に時効になったと考えて書くと、父がそれをやっていた。ぼくが十歳のころだ。初めは母の背に灸《きゅう》をしたり家の周りに生えているオオバコやドクダミを煎《せん》じて飲ませたりする程度だったが、いつのことか二十五、六歳のぼくの兄の体が具合悪くなったとき、父は市街から注射一式を買ってきて、兄の腕に注射をしたのだった。母や家族は驚いたが、父は眉をきつく寄せたまま何も言わず、何日間か兄への注射をつづけた。

おそらくは息子を街の医者へ連れて行くおカネがなかったのかもしれないが、びっくりした。ともあれ、いったい普通の薬屋で注射器とか注射液を父みたいな医にまったく知識のない農民に、黙って売ってくれるものだろうか。不思議だ。

　父は福島県の喜多方に生まれて十六歳のとき四つ年上の女と結婚し、生まれた息子が三歳のとき親子三人で北海道へ出稼ぎにきた。炭焼《すみや》きや農業をつづけたが、借金だらけのうえ子供が六人になって福島県への帰郷を断念した。

　その父は尋常《じんじよう》小学校しか出ておらず一応、読み書きはできたが、炭焼きと馬追《うまお》いと畑仕事をしながら、酒を飲むことを生きがいみたいにしていただけの男だった。

　ぼくは高校へ行きたかったが、八人家族の貧農ではとても高校などという我侭《わがまま》を口に出すことはできなかった。それで中学を卒業したら兄にくっついて山奥の作業員宿舎へ泊まり、山から丸太を運び出す仕事をするつもりだった。だが担任の先生が何回もぼくの父を説得してくれ、高校の受験だけをさせてくれることになった。かりに受かっても行かせてくれるかどうかわからなかった。


　中学三年の一月で、あと一カ月くらいで高校入試の試験があるという時期だった。ある夜ぼくは激しい腹痛に襲われ、次の朝、父に連れられて十七キロ先の街の病院へ行った。腹部の触診と血液検査の結果、盲腸炎《もうちようえん》だとわかった。

　医師に、手術のため半月近く入院することになると言われ、ぼくは眼の前が真っ暗になった。受験勉強ができなくなるのだ。それよりも貧乏な父母には手術代がないに違いなかった。

　医師が、「いま手術するのが都合悪かったら、しばらく散らす方法もある」と言い、ぼくはそうしてほしいと言った。散らすというのは、化膿しかかっている盲腸を薬か注射でおさえるということらしかった。入学試験の不安もあったが、うちにおカネがないことでも手術はしたくなかった。父は黙ったままだった。

　その日、病院で尻ぺたにペニシリン注射を打たれた。ペニシリンというものが使われだしてからまだ十年ちょっとしかたっていないころで、とても高価なものだということはぼくも聞いていた。医師は、しばらく注射に通うようにと言った。

　しかし父は次の日、街からペニシリン液と注射器一式を手に入れてきた。どこから買ったのか、ぼくにはわからなかった。

　父は金盥《かなだらい》という金属製の洗面器に水を入れ、その中に注射器と針を入れて薪《まき》ストーブの上でぐらぐら煮立たせた。消毒だった。

　やがて父はぼくを呼びつけると、ズボンを少し下げて腹這いになれと言った。ぼくはいままでも父が母や兄に注射をするのを見てきていたので驚かなかった。不安もなかった。

父が注射器の針を小さいガラス壜《びん》の口に刺して中の白いペニシリン液を注射器内に吸い込む。壜から抜いた注射器を上向け、中の空気を押し出す。慣れた手つきだ。右手に注射器を持ったまま、左手でアルコールをしみ込ませた脱脂綿《だっしめん》でぼくの皮膚を消毒する。

そして父はぼくの尻ぺたにペニシリンを注射したのだった。ぼくが「痛い」と言うと父は低いこもった声で「痛くなんかない！」と言った。けっして子供を怒鳴ったことのない父にしては、珍しく怒りつけるような怖い言い方で、ぼくはびっくりした。おそらくは病院へ行くよりも、父が注射したほうがずっとおカネが安くすむものに違いなかった。

それから毎日、父はぼくにペニシリンを注射しつづけた。二十本くらい打ったころ腹の痛みはなくなった。

ぼくが高校受験に合格した日、父は小声で「よかったな」とだけ言った。父は高校へ行くことを許してくれた。

ぼくはまだ払っていないはずのペニシリン代のことが気がかりだったが、口にできなかった。

理髪の記憶

ぼくが初めて理髪店というところへ行ったのは十八歳の三月だ。札幌の新聞社へ就職が決まり、あした入社式という前日、ぼくは生まれて初めて理髪店で頭の毛をバリカンで刈ってもらい顔を剃《そ》ってもらった。緊張で体が震えた。それまでは髪を刈ったり顔を剃ったりするのにおカネをかけるなど、考えたこともなかった。

山奥の農家だったぼくの家では、八人家族全員の調髪と顔剃りは父がした。ぼくは正月と祭りなど一年に四、五回頭を刈ってもらったが、それはつらく苦しいときだった。

父は自分が穿《は》いているズボンから幅の広い革のベルトを引き抜き、尾錠金《びじようがね》を足の親指に引っ掛けると片方のはしを左手で引っぱり、右手に持った西洋カミソリの刃を革にペタンペタンとぶっつけてこすりつける。刃を研《と》いでいるのだ。それがすむと父はバリカンと湯を入れた金盥《かなだらい》と石鹼《せつけん》を用意し、ぼくを茶の間の板の間へ正座させる。

父はまずバリカンでぼくの頭の毛を長さ一ミリ半ほどの長さに刈るのだが、このバリカンが恐ろしいほど切れないのだ。古くて錆《さ》びているうえ刃のあちこちが欠けているため、とにかく毛が引き抜かれる感じに痛い。ぼくが我慢しきれなくなって「痛い」と言うと父は即座に「痛くない」と怒った。仕方なく歯をくいしばってこらえるが、眼から涙がしたたった。

刈って新聞紙の上へ落ちた髪の毛を見ると、思ったとおり毛の三分の一の本数の根元に薄赤い血がついていた。やっぱり引き抜かれていたのだ。たぶん父はバリカンが頭の毛を抜いているのを知っていたはずなのに「痛くない」と怒ったのは、貧乏で新しいバリカンを買えないということを息子にわかられたくなかったからに違いない。

西洋カミソリの刃も錆びて欠けているため、顔の皮膚に無数の切り傷ができて血がにじんだ。これもぼくが「痛い」と言うと父は「痛くなんかない」と言った。

いま思うと、七歳にもなって父のつらさがわからず痛いなんて身勝手なことを言ってしまったぼくは、やはりあのころからすでに我侭《わがまま》だったのだ。

高校の寄宿舎ではほとんど全員の生徒が髪を一ミリ半くらいの短さに刈っていたから、誰かが持っている古いバリカンを回し使った。

ところが四人部屋であるぼくの部屋の三年生は二十歳の成人であるため長髪だった。その先輩が調髪を一年生のぼくに命じたのだ。これには驚いたが先輩の命令には絶対服従だから仕方ない。ぼくは先輩が用意した櫛《くし》と鋏《はさみ》を見てびっくりした。ぼくの姉が布を切るのに使っていた裁《た》ち鋏なのだ。こんなもので調髪できるのだろうかと思ったが、とにかくやるしかない。

震えながら先輩の指示どおり長髪の刈り上げをはじめたが当然のことめちゃめちゃで、前髪を切り過ぎたり片方の揉《も》み上げを切り落としてしまったりして何回となく先輩に怒鳴られた。「コヒヤマ、おまえ馬鹿か？　何回言ったらわかるんだ、タコスケ」と喚《わめ》かれて頭が混乱し、泣きたいくらいだった。

しかしこのとき苦労しておぼえた技のおかげで後年、自分の男と女の二人の子供の頭は、小学校へ入るまでぼくが調髪した。

二十歳からは女にもてたいために頭におカネをかけた。給料の半分は同人雑誌に、あと十日に一回は理髪店へ通ってリーゼントなど流行髪に調髪してもらった。服も下着も靴も買わず、ろくな物も食べずに髪におカネをかけたが思ったように女にもてず、半年で理髪店通いをやめ、そのおカネを酒に回した。やはりぼくの場合、髪の形の問題ではなく、ゼッペキの後頭部と長大な顔、しゃくった顎《あご》が女性を引きつけない理由の気がした。ぼんくらなぼくが早々と悟って理髪代を酒代に回したのは、きわめて賢い対処だったと思う。

こうして頭の形に悩んで苦労したぼくだが、三十歳初めからの四十年近くは、ある理髪店の一人の女性だけに調髪をおまかせしてきた。中年の落ち着いた方で、四十年近く前、最初に一度ぼくの希望を言っただけで、次のときからぼくは黙って椅子に座るだけでよかった。

彼女はぼくの尖《とが》った後頭部を丸く見せるなど欠点を隠してくれ、ぼくが出たテレビや新聞写真を見たとか言って、次のとき髪型を微調整していた。ぼくは安心しきっていたから、髪がよくできているのかどうか、そんなことはどうでもよかった。

四十年近くの間、ぼくは一度として彼女に注文を言う必要はなかったから、つまりぼくは七百回以上、ただ椅子に全身をもたせ掛けて瞑想するか眠っていたのだった。

その彼女が理髪店をやめるとき、ぼくの髪をととのえるのに使ってきたというプロ専用の小さな鋏を記念にくださった。

これで奥さんに髪をととのえてもらうといいと言われたが、素人が使うのは恐れ多くて手を触れないでいる。

恩師

ぼくらはその先生を陰で「ダンジ」と呼んだ。苫小牧《とまこまい》工業高校三年のときの電気科の教師で、野村団二《のむらだんじ》先生のことだ。もちろん本人に向かっては野村先生と呼んだが、生徒同士の会話では親しみと尊敬を込め、ダンジ、ダンジ、ダンジと呼び捨てにした。ダンジは五十歳過ぎだった。

第二次世界大戦が終わって七年しかたっていない国土廃墟のときで、ぼくは就職のために技術を身につけろという父の命令で工業高校の電気科へ入ったが、もともと数学が不得手なため電気の勉強はむずかし過ぎた。

国語や世界史などはまあまあだったが、専門科目の電磁事象《でんじじしょう》とか交流理論、電気応用や電気法規はちんぷんかんぷんで、テストはいつも零点近かった。しかしわからなくてもいやでもやるしかないため勉強はしたが、いくらやっても駄目だった。

それで大学へ行くつもりで入試勉強をはじめたが親にばれ、「親不孝者め。下着も買わんでゼニ送ってきたわしらに首を吊れって言うのか」と怒鳴られ、大学を諦《あきら》めて再び就職するための勉強をはじめた。

ダンジには電気の理論を習ったが、ぼくにはどうして眼に見えない電気が数式や曲線で表わされるのか、だいたい電気というものが何なのかが理解できないのだから、話にならなかった。だがテストで零点近いぼくに、ダンジは何も言わなかった。たぶん見捨てているのだろう、とぼくは思った。


三年の夏休みが終わるとあちこちの会社から求人がきはじめ、生徒の眼の色が変わった。ぼくも就職試験のための国語や一般教養、英語や電気の勉強をしてはいたが、まったく自信がなかった。就職係のダンジは生徒に、学校だけに頼らず自分でも知人や親戚に就職を頼めと言ったが、ぼくにはまったく当てがなかった。

地元の大きな電力会社から求人がきて、ぼくもダンジにすすめられて受けたが落ちた。友達が次々と東京や愛知など大きな電力会社に就職が決まってゆき、ぼくは焦ったが、どうしようもなかった。不安だった。

そういうとき、農業をしながら仕送りしてくれている家族が思い浮かんだ。ぼくを汽車で十二時間もかかる学校の寄宿舎に入れ、何とか就職して一人で食べて行くことを願っている父母や兄たちのことだった。

年の暮れになり、卒業まで二カ月半しかなくなってもぼくの就職は決まっていなかった。そんなとき地元の新聞社からきた求人に、ぼくも応募した。仕事は印刷工や活字拾いで電気とはまったく関係ないものだったが、とにかく就職できればどこでもよかった。ダンジに「コヒヤマ、いいのか？　そこで」と聞かれ、ぼくはうなずいた。

ぼくは何とかその新聞社に就職が決まってほっとしたが、ダンジはたいして嬉しそうではなかった。

四月からぼくは札幌の新聞社で職工となり、活字拾いをした。作業服を着て木のつっかけサンダルを履《は》き、体じゅうインクと油にまみれて走り回った。二年後には大学へ行くつもりで、夜の六時から九時まで予備校へ通った。

勤めて十カ月くらいたったころ、ダンジから手紙がきた。いまの仕事どうだ、もし合わなかったら言ってよこせ、君に合う仕事を探してやるから、と書かれてあった。ぼくは、大丈夫です、と返事を出した。

しかし次の年もダンジから、心配する手紙がきた。もしいまのところでどうしてもうまくいかなかったら言ってよこせ、電気の仕事を探してやる、というものだった。

ダンジはぼくが卒業したあと二回も新しい卒業生の就職探しに飛び回っているはず

なのに、まだ二年前に卒業したぼくのことを心配してくれているのだった。ぼくは泣きながら、大丈夫です、ここで何とかやってゆきます、と手紙を書いた。次の年からぼくは大学の通信教育を受け始めた。

それから二十年がたち、ぼくは三十九歳で妻と二人の子供もいた。勤めながら書いた『出刃《でば》』という小説が文学賞をいただいて本になり、友人たちが出版祝賀会を開いてくれた。その会にダンジが出席してくれたのだった。もう七十歳を過ぎ、少ない髪は白髪になっていた。

出版元の坂本一亀《さかもとかずき》さんや集英社編集長の松島義一《まつしまぎいち》さん、作家の原田康子《はらだやすこ》さんの挨拶《あいさつ》のあとにダンジが舞台へ上がった。そしていきなり「コヒヤマはとても勉強ができて真面目で模範生徒でした」と言ったのには飛び上がらんばかりに驚いた。ダンジは嘘ばっかり並べてぼくを誉《ほ》めちぎり、ぼくの背中を冷たい汗が流れた。

ダンジは挨拶の最後に「コヒヤマはもう一人で食べていけると思うけど、いまでも私の教え子です。もし彼がこの先、食べられなくなったら私が何とかします」と言ったのだった。

ぼくは度を失って、倒れかけた。

思いやり

十五年前のある日、俳優の大地康雄《だいちやすお》さんからぼくに、映画のためのシナリオを書いてほしいという手紙をいただいた。

人間は食べなければ死ぬ、それなのに日本の食べ物の自給率は四十％しかない。人間の生命である食べ物を作る農民のすばらしさを日本とフィリピンの合作映画にしたい、というのが大地さんの手紙の趣旨だった。ぼくはその手紙を五回読みなおした。

映画の脚本など書いたことのないぼくがこの仕事を引き受けたのは、大地さんが電話ではなく、便箋《びんせん》八枚に熱意あふれる文章で書いた手紙で依頼してきたからだ。ものの頼み方の原点を教えられた気がした。

大地さんとぼくがフィリピンのマニラで取材したある日、街はずれの道ばたの空き地で五十人ほどの路上生活者が生活しているところを通った。地面に段ボールを敷いて座り、地面に置いた皿からご飯を手づかみで食べている。

その中の、五歳くらいの女の子を連れた三十代半ばの女性がぼくらを見て手招きし、何か言った。現地語のわかるカメラマンの瓜生敏彦《うりゅうとしひこ》さんによると、「クマインカナバー」というタガログ語で、「ご飯食べたか？」と聞いているのだという。彼女は「こっちへきて、いっしょに食べなさい」とも言っているのだという。

ぼくはびっくりして立ちどまった。見知らぬ外国人なのに、物を食べたかどうか気づかってくれているのだ。

大地康雄さんも驚いた表情で立ちどまり、彼女を見つめた。どういうふうにこたえたらいいか思案している様子だったが、けっきょく顔を伏せて足元の地面を見つめて「いやあ参った」と言って首をひねった。このとき、ぼくと大地さんが、これから作る映画の主題をつかんだのを感じた瞬間だった。

フィリピン取材のあと、ぼくは映画の原作として『スコール』という小説を書き、文芸誌「すばる」に発表、間もなく集英社から単行本で刊行、大地さんがシナリオ化した。

ぼくと大地さんは東京や札幌で何回となく映画化の打ち合わせを重ねた。ゆっくりとだったが映画化は進み、小説『スコール』は『恋するトマト』という映画になっていった。

大地さんのお宅へおじゃました日、ぼくらが応接間にいると、急に廊下で男の子の尖《とが》った声がした。二人らしかった。大地さんの小学六年生になる息子さんの誠さんと遊びにきている近所のわんぱく友達だという。

友達が「おまえんとこのばあちゃん、耳が聞こえんから嫌いだ」と言っている。大地さんのお母さんのことだ。すぐに大地さんの息子さんが「年とってるんだ、仕方ないだろ。おまえ帰れ」と、ちょっときつい声で言う。

ぼくは薄くあいている扉の隙間からのぞいて見た。息子さんが友達に、遊び道具でも入っているらしい手提《てさ》げ袋を持たせている。

友達が袋を持ちながら「いいのか、そんなこと言って。もうこんからな、いいのか」と言う。「こんくていい」と息子さんがきっぱりと言う。二人とも声は低いが、ひどく怒っている口調だ。

ぼくは大地さんの奥さんを振り返って見た。もしかするとぼくの子供だったらこういう場合、ぼくが出て行って、そんなことで喧嘩するもんじゃない、仲直りして遊びなさい、とでも言うかもしれないと思ったからだ。

しかし大地さんも奥さんもまったく動く気配はなく、ニコニコ笑っているだけだった。その姿にぼくは、子の心を信じる親の原点を見た気がした。
友達が袋をさげて玄関の上がりがまちへ行き、靴を履《は》く。息子さんは突っ立って見ている。靴を履いて立ち上がった友達が玄関の扉の取っ手をつかんだところで動きをとめた。少しの間その姿勢でいたあと、友達はいきなり息子さんを振り返ると「ごめん、もう言わんから友達のままでいてくれ?」と言ったのだった。息子さんが「うん、靴脱いで上がってこい」と言った。

その息子さんの誠さんが九歳のときに作った「思いやり」という詩がある。

心の中には海がある
お父さんと行く葉山の釣り
何が釣れるかドキドキするぞ

心の中には花がある
お母さんといっしょに行った音楽会
つれていってくれてありがとう

心の中にはやさしさがある
おばあちゃんがいつもしてくれるお祈り
ぼくをまもってくれている

心の中には思いやりがある
お母さんとお父さんはご飯を作ってくれる
それがうれしい思いやり

「祖母がいてくれたから息子が育った」と大地さんの奥さんは言う。その言葉にぼくは、家族のありようを見た。

雪の大晦日

もう六十年も前のことなのに、毎年、十二月三十一日が近づくと思い出す記憶がある。ぼくは五歳ころからいつも、いまに両親が喧嘩を始めるのではないかと怯《おび》えていた。朝起きるとすぐ父母の顔つきをうかがい、何げないそぶりをして二人の会話を聞いては、仲たがいしてないかどうかを探る癖がついていた。母が機嫌のいい声で父に「きょうは天気いいからトウキビでも蒔《ま》くかい」と言い、父が「そうすべ」とこたえると、ぼくは安心して外へ遊びに飛び出して行った。

逆に会話の中に諍《いさか》いの気配でも感じると体が震え、不安で外へ出て行けなかった。そういうときぼくは茶の間の隅にうずくまって漫画を読むふりをしながら父母の様子を見、ときには用もないのに父母のまわりをうろうろし、わざと母の横にある茶筒《ちゃづつ》につまずいて倒したりした。母が「この馬鹿」とぼくを怒鳴っている間に、父との争いごとがうやむやになってしまうかもしれないと思ったからだ。

福島県から北海道に出稼ぎにきて炭焼《すみや》きや農業をしたがカネがたまらず、六人の子供が生まれて帰郷を諦《あきら》めた父母は、貧乏のため喧嘩が絶えなかった。母が愚痴を言って父をののしり、父が母を叩くのだった。

借金のことでもめるときぼくは、俺《おれ》の正月とお祭りの小遣いいらんから喧嘩やめて、と言いかけたが口にできなかった。借金はとても多いおカネなのだった。しかし父母が喧嘩さえしないでくれるなら、ぼくは学校休んで畑仕事でも雑巾《ぞうきん》がけでもご飯炊きでも何でもすると思った。

ぼくが小学六年生のときだった。農作物が冷害で兄は出稼ぎに行った。十二月二十五日、父と母はまたしても借金のことで大喧嘩になった。母が「会津にいたらこんな苦労はしなかった。こんな地の果てまで連れてこられて貧乏させられて」と喚《わめ》き、言葉に詰まった父がストーブにくべる薪《まき》で母を叩いた。母が泣きながら父に喚く。

次の日から母は寝床から起きず父だけ畑へ出た。二人はご飯も別々に食べ、話もしなかった。ぼくは恐ろしさでご飯も喉に通らず、学校へは行ったが家のことが心配で、先生に腹が痛いと嘘を言って早引きした。しかし家へ帰る途中、本当に腹が痛くなった。

大晦日は朝からひどい雪降りだった。父は昼少し前から台所の板の間へ座り、砥石《といし》と洗面器を出して出刃包丁を研《と》ぎ出した。ぼくは茶の間のストーブの横に座って膝をかかえ、父を見ていた。恐ろしさで体が震えつづけた。

隣の家の友達が橇《そり》すべりに行こうと誘いにきたが、ぼくは勉強しているからと嘘を言って断わった。とても外へ行く気分ではなかった。ぼくは小便がしたくなり小走りに玄関を出た。トイレは家から十メートルも離れたところにあった。しかしぼくはトイレまで行かず、玄関の戸を出たすぐの地面の雪へ小便をした。その間も不安でたまらず、小便を半分してやめ、走って茶の間へ戻った。

夕方、兄嫁と姉が蕎麦《そば》を打ち、出稼ぎから兄も帰ってきて六時ころから茶の間に飯《はん》台《だい》が出て年越しが始まった。母も丹前《たんぜん》姿で起きてきて父の向かいに座る。相変わらず父と母は喋《しゃべ》らない。ぼくは蕎麦を食べながら体が震えて歯がカチカチ鳴った。

間もなく父が立って台所へ行き、ぼくは息が詰まった。台所から戻ってきた父の腰のところに出刃《でば》包丁が握られていた。父が母に向かい「貴様、ぶっ殺してやる」と叫んだ。涙声だった。母が立ちながら悲鳴を上げ、姉たちが父の腰にしがみつく。ぼくも立って父の脚に抱きつき「父ちゃんやめて、父ちゃんやめて」と泣き叫んだ。走る父に引きずられた。

父はぼくらを振り払うと母を追った。母は丹前のまま裸足で土間へ降り、玄関から雪の中へ逃げた。追う父を兄が追いかけ、後ろから父を抱きとめた。母の傷はたいしたことなくすんだ。

やがて父母と兄夫婦は離農して札幌へ出たが、母は八十三歳のとき認知症になり自分の子供六人の名前も顔も忘れた。ぼくは四十六歳になっていた。母が入院して一年半後の、亡くなる十日ほど前に見舞ったときも母は、子供なんか一人も生んでないと言い捨てた。ぼくは言うことがなくなり、仕方なく言葉のつなぎにぼくの隣にいる父を指差し「この人は？」と聞いてみた。母は半開きの濁《にご》った眼をのろっと父に向け、少ししてから「父ちゃんだ」と言った。母は夫をずっと父ちゃんと呼んでいた。

驚いたぼくが「よくおぼえてるなあ」と言うと母は、息みたいなかすれ声で「わしの亭主だも」と言ったのだ。ぼくは言葉を失った。

病室を出て歩きながらぼくは、よかった、と思った。自分の生み育てた六人の子供を忘れ去った母が、七十年近く喧嘩しつづけて連れ添った夫を死ぬまで忘れなかったのだ。

病院の外へ出て春の空を見上げ、ぼくは少し泣いた。

後ろ姿へ

十年ほど前、ぼくの小説を読んでいるという六十九歳の女性の読者から手紙をいただいたのがきっかけで、その後、一、二度、彼女とその夫と会食をしたことがある。友子さんというぼくより四つ年上のその女性が話してくれた体験を聞き、ぼくの人生観が少し変わったのだった。

そのころの冬のある日、札幌に住む友子さんは百貨店へ行って高校へ入学した女の子の孫に贈る記念品として万年筆を買った。そこを出て時計台のほうへ歩いていると き、向こうから制服制帽姿の二人連れの警官が歩いてくるのが見え、友子さんは雪道の左側に寄って立ちどまり、警官が横を通り過ぎるのを待った。二人の警官は通り過ぎるとき軽く会釈《えしゃく》をし、そのうちの一人が「ありがとうございます」と言った。その人の笑顔を見た瞬間、友子さんの頭の奥に五十五年前の光景がよみがえった。

太平洋戦争が終わった次の年の秋、友子の父は戦地から家へ帰ってきたが一年後の昭和二十二年に病死した。友子は十四歳だった。父の死後すぐ母は男の子を出産したが、産後の肥立《ひだ》ちがよくなく、そのうえ腎臓も悪くて家で寝ていた。友子は中学へ通いながら食事の支度や掃除、洗濯をし、母と弟と妹の世話をした。

ある日曜日、友子は砂川《すながわ》で農業をしている遠い親戚のところへ米を売ってもらいに出かけた。米を持たせるために弟と妹も連れて行った。

戦争に敗《ま》けて国じゅうの畑が荒れ果て、作物がとれずほとんどの家で食べる物がなく、家畜の飼料の稗《ひえ》や澱粉粕《でんぷんかす》やタンポポの葉などを食べていた。米はやっと一年に一度、正月の元日の一日だけ食べられるくらいだった。

友子は砂川の初めて会う遠戚の人に頼み込み、米を二升、わけてもらった。そのあと砂川の駅で札幌へ帰る汽車を待っていた。友子は右手で八歳の妹と手をつなぎ、左手に一升の米を入れた布製の手提《てさ》げ袋をさげていた。十歳の弟は片手で友子のスカートの腰のところにつかまっていた。駅は人の群れで混雑していた。

友子が改札口に入りかけたとき「待ちなさい」と呼びとめられた。制服姿の警官だった。友子は一瞬、息がとまり、頭の中が真っ白になった。ヤミ米は禁止されていて、見つかると取り上げられるということは母から聞いて知っていた。

友子は息をひそめて立ちどまると、米の入っている布袋をそろそろと体の後ろへ回した。心臓が破れそうに鳴った。

三十代の後半に見える警官が「どこまで行くんだ」と聞いてきた。友子のさげている布袋を見ていた。

「札幌です」と友子は言った。声がうわずって震えた。まわりに人だかりができて、みんながこっちを見ていた。警官が「その袋の中は何だ」と聞いた。静かな言い方だった。

友子は小声で「お米です」と言った。嘘を言っても調べられれば、わかってしまうことに思えた。体も足も震え、歯がガチガチ鳴る。

「米が統制品で、米の闇取り引きでの売買が禁止されてるってこと知ってるだろ」

警官が、ちらっと弟と妹が背負っている布製の小さなリュックサックを見て言った。

「はい、わかってます。わかってますけど、お母ちゃんが十日前に赤ちゃんを生みまして、澱粉粕ばっかり食べてて、お乳が出ないもんで、そんで親戚からやっとお米をつごうしてもらってきたんです」

友子は言っている途中から顔を伏せた。弟と妹も背中に五合ずつの米を背負っているのだった。二人が不安そうに友子を見上げてきていた。

友子は泣きそうになるのを唇を噛んで必死にこらえた。弟と妹の見ているところで泣くわけにはいかなかった。自分は姉なのだ。

「そうか、お母ちゃんに赤ちゃん生まれたのか、よかったなあ。おっぱいが出ないんでは困ってしまうよなあ。よし、わかった、呼びとめてごめん。気をつけて帰れよ」

警官は友子を見てそう言うと、白い歯を見せて笑った。それから妹と弟の頭を手で撫でると友子たちに背を向け、足早に人込みの中へ入って行った。友子はその警官の後ろ姿へ深く頭を下げた。

それから五十五年がたった。友子は、いま雪道ですれ違った二人連れの警官を振り返り、小さく頭を下げた。

ぼくの兄貴

ぼくは山奥の村の炭焼《すみや》き小屋で生まれた。兄二人、姉二人の五番目で、家は貧乏だった。家族の財産は一台のリヤカーと鋸《のこ》と鉞《まさかり》だけで、一カ所の山で炭にする木がなくなると次の山へ移動し、半日で住む小屋を建てる。山の中腹に四本の柱を立て、屋根と壁を笹の葉でふさぐだけだ。家の中は土の地面のままで、木の根っ株や笹が生えている。そこへ南京袋《なんきんぶくろ》の中へ麦藁《むぎわら》を入れて作った蒲団《ふとん》を置き、みんなは豚みたいにもぐり込んで寝た。

ぼくが四歳のとき家族は炭焼きをやめて村へ降り、荒れ地を切り開いて農業をはじめた。間もなく兄が妻を娶《めと》った。狭い農地で家族が食べることはできず、兄は妻に農業をさせて自分は一年じゅう山奥の丸太を切ったり運び出したりする作業の出稼ぎに行き、父母や妻、ぼくら家族へ送金した。

兄は三カ月に一度くらい帰ってきたが、五日ほど妻といっしょにいるだけで、また出稼ぎに行った。

　小学二年のぼくも家の仕事を手伝った。学校から帰ってくると薪《まき》を切って割り、綿羊を草っ原へつないだり豚小屋の敷き藁を取り替えたり餌をやったりした。茶の間の台所の雑巾《ぞうきん》がけをし、家の外にあるポンプから台所の水甕《みずがめ》へバケツで二十杯の水を汲む。風呂にも水を満たし、薪を焚《た》いて沸かす。次に茶の間の薪ストーブに火をつけて麦を炊く。学校が休みの日は朝の四時に起きて父母らといっしょに畑へ出、夜の八時まで働いた。天気がいい日は学校を休んで農作業の手伝いをさせられた。

　中学三年になったとき父母から「卒業したら兄にくっついて出稼ぎに行け」と言われ、ぼくは仕方なくうなずいた。本当は高校へ行きたかったが、百軒ある村の農家から高校へ行っている子供は、ここ十年間に三人しかいなかった。

　ぼくは村じゅうの家から本を借りて読み、やがて山の向こうの隣村へまで行って本を借りてきて読んだ。本は面白かった。

　ある日、ぼくは駄目だとわかっていたが思いきって父母に、高校へ行きたいと言ってみた。父母は一瞬、口をぽかっとあけて、しばらくぼくの顔を見ていた。あきれてものも言えないという顔つきだった。

　一度うつむいた母がいきなり「何を寝言いっとるんだ、この馬鹿は」と怒鳴った。

声が震えた。ぼくは正座すると板の間へ両手をつき、「お願いします」と言った。眼の奥が熱くふくれ上がり、手の甲へ涙がしたたった。

母が「なんだ、なんだ、この阿呆。高校へ行くゼニなんかどこにあるんだ、いまうちになんぼ借金あっかわかってんのか、ちょっとぐらい勉強できっからって図に乗るな、すぐ出稼ぎに行って家へゼニ入れろ」と喚《わめ》いた。母の顔は首まで赤かった。父が太い舌打ちをした。ぼくはゆっくり立って外へ出た。

間もなく担任の先生がきて父母を説得してくれたが駄目だった。それから毎日、ぼくはぼんやり空や山を見て、その向こうにある都会を思い描いて暮らした。

気持ちが落ち着くと、中学で習ったすべての科目の教科書と参考書を段ボール箱に詰めた。出稼ぎ先の宿舎へ持って行って繰り返し勉強し直すつもりだった。これで学校が終わると思うと、そうするしかなかった。

大晦日の夜、三カ月ぶりに兄が出稼ぎから帰ってきて、家族全員で食卓を囲んでの年取りになった。やがて父がぼくを見ながら兄に向かい「こいつ三月に卒業すっから、おまえいっしょに出稼ぎに連れてってくれやな」と言った。兄が「そうか、もう卒業か」とぼくを見る。

母が顔をぼくに向け「この子ったら何を血迷ったか、高校へ行きたいなんて夢みたいなことぬかすんだ、怒りつけたんだけど、家のこと何にも考えない阿呆だから」と言った。父は顔を胡座《あぐら》の間へ向け、うなずくみたいに頭をゆっくり前後に振った。兄は黙って母の造ったドブロクを飲みながら、窓の外へ漏れてゆくランプの光の中を舞い落ちる小雪を見ている。兄の妻やぼくの姉たちも黙っていた。ぼくは蕎麦《そば》を食う音をひそめた。

静かだった。薪ストーブの上で鳴る薬罐《やかん》の湯の音が高く聞こえた。やがて兄が顔をゆっくりぼくへ向けた。そして「よし、おまえ高校へ行け。俺《おれ》がそのカネ稼いでやる」と言った。

母が「何を言うんだ、おまえには女房も子供もいるうえに、この二人の妹のめんどうだって見てもらわにゃいかんのだぞ」と大声を上げた。また静かになる。

兄はしばらく黙っていたあと、湯飲み茶碗のドブロクを一口飲んだ。それから顎《あご》をぼくのほうへ向かってしゃくり「こいつだって俺の弟だ」と言った。

ぼくは、はっと息を呑んで兄を見、土下座すると額《ひたい》を板の間へすりつけた。

それから二十四年後、ぼくはある文学賞をいただいて小説家になることができた。

Ⅲ　贅沢な人生

家事はむずかしい

ぼくは妻に頭が上がらない。若いころ生活費のために質屋通いをさせたり働かせたこともあるが、もう一つは妻が四十五年間してきた家事の重要さを、真面目に知ろうとしなかったことだ。考えの浅いぼくはこれまで、妻はいつも元気で病気することなく、ぼくら家族の食事を作ってくれ、掃除、洗濯などをしてくれるものだと思い込んできたふしがあるのだ。

これはもう認識不足などというなまやさしい問題ではなく、ぼくが身勝手で無知だということだ。気づいたのは妻が難病にかかってからだった。

何年か前の六月、妻が風邪を引き三十九度近くの高熱を出して寝込んだ。ぼくは慌《あわ》て、簡単にできる料理の食材を買ってきて二人ぶんの食事を作った。妻の風邪は二、三日すれば治《なお》るだろうと思い、このさいちょっぴり家事をして彼女にお返ししようと張り切った。飯炊きや味噌汁づくりは七歳のときからやらされたから自信がある。

思ったとおり妻の熱は三日ほどで下がり、また彼女が家事をし出した。ところがそれから十日くらいたったころ妻の両方の手のひらに疣《いぼ》みたいな無数の白いポツポツができ、それが白く化膿《かのう》したのだ。体温も三十七度四分の熱が出る。

大きな総合病院の皮膚科で診《み》てもらうと、何とか感染症というむずかしい病名で、風邪による喉の菌が体内へ入ったものだろうという。抗生物質を飲んで菌を殺すことになったが、微熱があるうえ手のひらが化膿しているため物を握るなど無理で、またぼくが炊事や掃除をし出した。よし俺《おれ》がやってやる、名誉挽回だ、と勢い込んだ。

五日ほどたつと妻がこんどは腰と背中が痛いと言いはじめ、立ったり座ったりの動作が困難になった。手のひらの化膿も治らない。病院で内科や整形外科を回ってみるが手のひらのできものと腰痛の関係ははっきりしない。医師はぼくに「奥さんを安静にしてできるだけ動かさないように」と言う。動かさないということは横になっていたほうがいいことかと聞くと、それはそうだと医師が言い、ぼくは一瞬、困惑した。

すると医師はぼくの気配を察したらしく「夫のあなたが家事をするのが大変だったら奥さんを三カ月ほど入院させたほうがいい」と言った。即座に妻が三カ月も入院するのはいやだと言い、ぼくも家事は気にならないからと言ってはみたが不安だった。

朝の七時半、妻が寝ているうちに起き、昨夜のうちに玄米を精米機で七分づきして仕掛けておいた電気釜のスイッチを入れ、ゴミを出す。月曜と木曜は燃えるゴミ、水曜は資源ゴミ、金曜は缶と瓶《びん》。大急ぎで犬の散歩をしたあと味噌汁を作る。ダシを煮干しでとり具はタマネギ。得意の卵焼きを作り、リンゴの皮を剝《む》いて茶をいれ妻を起こして朝食。おかずは梅干し、ラッキョウ、筋子、納豆、鮭の焼いたの。

食事のあと茶の間と書斎の床を電気掃除機でざっと撫《な》で回す。頭の中に次に書く場面や文の断片が浮き出ていて、早く掃除を終わらせようと焦《あせ》りが動く。

昼食もご飯で、おかずは朝食に似ている。ぼくらはパンは一カ月に一回くらいしか食べない。体調のいいとき妻は食事をしながら「女王さまの気分だ。下僕《げぼく》と執事《しつじ》と召使《めしつかい》をいっしょに雇ったようで気分いい。ずっとつづけばいい」と軽口をたたく。

掌蹠膿疱症《しょうせきのうほうしょう》と言われた妻の手のひらは一カ月たつと少しずつよくなってきたが、やはり三、四カ月はつづきそうな気配だった。腰の痛みは膿疱によるものか腰の骨に原因かの二面から血液、CT、MRIと検査がつづく。その間も妻の腰は立ったり座ったり、歩いたりひねったりのたびに激痛が走るという。寝ていると痛くないらしい。

原稿を書いたあと、ぼくは午後三時過ぎに万歩計で往復四千歩のスーパーマーケットへ一人で買い物に行く。髭《ひげ》も剃《そ》らず髪もぼさぼさのまま、普段着にぼろ靴で行くと、道で出会う顔見知りの人や店のレジの女性が眼をそらせる。一カ月も妻が買い物に出かけないうえ、ぼくがぼろぼろな服装で店内を歩き回るのだから、たぶんみんなは、あのオヤジ可哀想に、女房に逃げられたんだと思っているに違いなかった。しかしぼくはなぜか平気だった。

妻が歩くためのリハビリに通い出し、ぼくは車で病院まで彼女を送り迎えする。夕方、犬の散歩をすませ夕食の支度にかかるが、ホッケの開きを焼いて冷ややっこに味噌汁を作るほかは朝食と同じおかず。

ぼくが先に食べ終えて自分の食器を洗い、まだ食べている妻の空《あ》いた食器まで片っぱしから洗ってゆく。そして妻がまだ手に持っているご飯の入った茶碗まで取り上げようとし、妻に「まだ食べてるでしょ」と言われ、ぼくは驚いて「あ、ごめん」と叫ぶが手遅れだ。食べている最中の茶碗を取ろうとするなんて、俺はいったい何をしているのだ。夕食後にエッセイを一つ書こうと気持ちが急《せ》いていたにしても、そんなこと何の言いわけにもならない。

こうしてぼくが妻に頭が上がらない理由がどんどん増えてゆき、そのうち額《ひたい》を地面につけたままになってしまうかもしれない。

ある読者

もう三十年以上も前になるが、ぼくにとって初めての本である『出刃《でば》』が出版されたとき、ぼくは不安に怯《おび》えていた。売れなきゃどうしよう、と思ったのだ。文学賞をいただいた作品とはいえ、これが売れなければ次の本の出版依頼はこないに違いなかった。ぼくは隠れるようにしてあちこちの本屋を回り、自分の本を買い集めた。それで新聞などの「売れている本」に書名が出、読者が買ってくれるかもしれないという期待からだ。

生活費に困り、妻は着物を質屋へ運んだ。そのころ住んでいた公団の狭い部屋に山積みになった『出刃』は、妻が公団の見知らぬ家庭をたずね歩き行商して回った。

やがてぼくは書店へ入っても、自分の本が積まれている場所へは行かなくなった。前に見たときと同じ量で一冊も売れてなかったらと思うと、恐ろしくてそばへ行けなかった。

図書館でも同じだった。自分の本がある棚の近くへ行くと動悸がしはじめ、足が小刻みに震えるのだ。本を手に取って裏表紙の中にある貸出票を見たいのに、手が出ない。もし一人も借りてくれる人がいなくて、貸出票が真っ白だったらどうしようと怯えるのだ。

ぼくは息を詰め、まわりに人がいないのを確かめると素早く本を取り出して貸出票を見る。二人が借りてくれていた。よかった、と思う。また素早く本を棚へ戻し、何ごともなかったかのような顔をしてそこを離れる。

もちろんぼくが書く、人間本来の生の原動力としての野生、風土と働くことと食うことの相関を描くことで、都市と機械文明によって壊れてゆく人の心と、人と人とのかかわりの回復は可能か、などという面白くも可笑《おか》しくもない作品が、そう売れるとは思っていなかった。

だからたまに書店でぼくの本を買ってくれる人を見かけると、走って行って礼を言い、本代の半分を渡したい気持ちになるのだった。

二十年近く前の夏の午後、ぼくは友人の祝賀会に出るため札幌駅前通りを歩いていた。歩道に三人の靴磨きの女性が座っていて、一人だけ客がいない。三人とも七十歳前後に見える。ぼくは腕時計を見て時間があるのを確かめ、客がいないため本を読んでいる女性の前の丸椅子へ掛けた。女性が本を閉じて横の木箱の上へ置く。

その本の表紙を見て、ぼくは声が出そうになった。なんと、ぼくが書いた『無縁《むえん》塚《づか》』という小説なのだ。驚いた。「文學界」や「文藝」などに掲載した六編で、いわゆる純文学と言われるたぐいの硬質な小説集だった。

ぼくが父母の郷里である会津へ行って両親の過去や血の系譜を探るという暗い話とか、ぼくの妻が認知症になった八十四歳のぼくの母を家へ連れてきて四カ月間、世話をする重苦しい話だ。

四十七歳のぼくがパンツ一つになり、母を抱いて風呂に入れて洗うと母が「おまえ誰だ、さわるな！」と怒鳴り、頭にきたぼくが、「なんだ、自分で生んどいて忘れたか！」と叫ぶ。すると母に「なにぬかす、おまえなんか生んでない！」と怒鳴り返され、ぼくは情けなくて浴槽の中で涙を流す場面を書いた、陰気臭い小説ばかりだ。

そんな読んで鬱陶《うっとう》しくなるような自伝小説が、車の騒音と人通りの多い道路わきで読むのにふさわしい本とは思えなかった。

ぼくは動悸をおさえながら、うつむいて靴を磨いてくれている女性に「こんな本を読むんですか」と聞いた。彼女は顔を伏せたまま「はい、私はこの人の小説が大好きで、『地《ち》の音《おと》』とか『雪嵐《ゆきあらし》』は十回以上読みました。全部、近くの図書館から借りるんですが、どの本も五回は借りてます。この人の小説を読むと死にたくなくなるんです」と言った。

ぼくは絶句した。体を重い震えが走り抜けた。凄《すご》い読者がいる、と思う。女性が「ただ『出刃』という本だけがいつも貸し出されていて」と言った。彼女の手の爪は靴墨で薄黒かった。七十六歳だと言った。

次の日ぼくは彼女のところへ行った。思い上がっている行為のような気もしたが、『出刃』を出して自分が書いたものだと言い、彼女の名前と自分の名前を署名、「これ、もらってください」と差し出した。

いきなり彼女の眼から涙がほとばしり、頰をすべり落ちた。彼女はぼくの靴を磨きながら、自分の悲惨とも思える生い立ちから夫との別れ、子育てなどの半生を話した。話しながら、ときどき靴墨で汚れた手で涙をぬぐった。

靴磨きが終わっていた。ぼくは立ち上がると彼女に、すばらしい読者に出会えた幸運の礼を言って頭を深く下げた。そして歩き出しながら、小説を書いてきてよかった、と思った。

釣り銭

　ぼくは若いころから店で何かを買って釣り銭を受け取っても、ほとんど数えたことがない。これは別に、ぼくにおカネの余裕があって釣りなどどうでもいいと思っていたわけではなく、単にぼくがおカネの扱いにきちんとしていなかっただけだ。もちろん物を売るプロがおカネの計算を間違うはずがないと、店の人を信用しきっているせいもある。

　だがやはり釣り銭を数えないのはまずい気がしてはいた。少ない場合はそのことを告げ、多いときは返さないと、あとで売り上げの数字が合わなくなって売り子さんの責任が問われることになるはずだからだ。

　ぼくは以前は財布というものを持っていなかった。もともとが貧乏で財布に入れるほどのおカネがなかったせいもあるが、札は二つに折って硬貨といっしょにズボンの右ポケットに入れていた。物を買うとそこから出して払い、釣りをもらうとそれをまたズボンの右ポケットへ突っ込むというあんばいだったから、いまポケットにいくら残っているのかよくわからなかった。実際はいつも持っているおカネは少なかったから、数える気にもならなかった。おカネをズボンのポケットに入れるのは、いまもつづいている。

二十五歳ころだった。東京の西武池袋線の江古田《えこだ》のぼろアパートに一人で住み、銀座にある勤め先へ通《かよ》っていた。安い給料からアパート代を払い、残りのおカネで同人雑誌を発行、下手な小説を書いて載せていたから貧乏だった。

おカネがないからムキになって、人間の価値はカネじゃない、精神だ、と思おうとし書店通いをした。きわめて純真で滑稽な青春だった。

本を買って釣りをズボンのポケットへねじ込み、近くの喫茶店で本を読んでコーヒー代を払うとき、「あれっ、さっきの釣り、どっかで使ったっけ」と思うこともあった。

新宿の焼き鳥屋で酔っぱらい、釣り銭をもらったのかどうか、おぼえていないこともあった。

そのころぼくは煙草《たばこ》を一日に八十本から九十本も吸っていて、アパートと江古田駅との間にある雑貨屋で買うことがあった。

ある朝も勤めに行く途中、ぼくはその雑貨屋へ寄った。店番をしている六十代半ばに見える小母《おば》さんが煙草と釣り銭をくれた。

昼食どきの定食屋で勘定を払うとき、ポケットの中のおカネが朝、アパートを出たときより少し多いような気がした。もともとズボンに入れてあったおカネがいくらなのかわからなかったが、煙草の釣りを多くもらったのかもしれないという気もした。

その後、ぼくはその雑貨屋へ寄りにくくなってしまった。もし釣り銭を多くもらっていたら返さなければいけないが、多くもらっていないのに、この間の釣りが多くなかったですかと聞くのは小母さんを混乱させるだけだし、と思っているうちに雑貨屋から遠ざかってしまった。しかし気になりつづけた。

それから三十年ほどたったある日、講演で訪れた北海道の地方都市で、お茶のペットボトルを買いに店へ寄った。品物を持ってレジへ行くと、三十代半ばくらいの男の客とレジの中の中年女性が何か言い合っている。その客の後ろへ並んで聞いていると、新聞を一部買った客が出したのは五千円だと言っているのに、レジの中年女性が客に九千八百七十円の釣り銭を渡したため、客が多いぶんを返そうとしているのだった。しかしレジの中年女性は、自分がもらったのは確かに一万円札だから釣りはそれで間違いない、と言い張っているものだ。

客の男が彼女に向かって声を高め「あなたの勘違いだよ。私が出したのは五千円札なんだ。そんな間違ったおカネを受け取るわけにはいかない」と言うと、渡された釣りの中から四千八百七十円だけを数えて取った。そして残りを置くと彼女を見「あなた気をつけたほうがいいよ」と笑って足早に店から出て行ったのだ。

レジの中年女性は口を尖《とが》らせて首をかしげ、のろのろと置かれた釣り銭へ手を伸ばした。ぼくは突っ立ったまま、出入り口扉の向こうを遠ざかって行く男の後ろ姿を見つめつづけた。

記憶の底から三十数年前の、曖昧《あいまい》だとはいえ多くもらい過ぎたかもしれない煙草の釣り銭を、確かめに行かなかった後ろめたさが浮き出てきて、ぼくは低く呻《うめ》いた。

いまもぼくは貧乏だが、タクシーから降りるときや外での食事や酒場で代金を払うとき、あるいは外国でのチップ制のないところでも、釣り銭がある場合はその中から、釣りがないときでもいくらかを差し出してしまう。

口笛が出る日

テレビのニュースを見ていたら葬礼の場面になり、関西の大物政治家が亡くなったとかでカメラが祭壇のほうから会場を埋めた大勢の会葬者を映し出した。画面の一番手前に座っている五人の僧侶の真ん中にいる僧の顔を見て、ぼくの口から「おお」と声が出た。

信ちゃんに似ていた。髪を剃った頭や眉の半分ほどの毛が白いのは若いころと違っていたが、丸い眼や太い鼻、丸顔は確かに信ちゃんだった。五人の中央で一人だけ金色と赤で織った豪華な僧衣を着ての、高僧の威容だった。

五十年前だった。ぼくは苫小牧《とまこまい》工業高校を出てすぐ札幌にある新聞社に勤め、文選工として活字拾いをしていた。二十歳だった。八千五百円の給料から六千円の下宿代を払い、残ったおカネで「忍冬《すいかずら》」という同人雑誌を出すのにつぎ込んで、下手な小説を書いていた。

　ある夜、たまに行くススキノのおでん屋で安酒を飲んでいると、ギターをかかえた流しの歌手が入ってきた。みすぼらしい服装の十八歳くらいの男で、ぼくに向かって「一曲いかがですか」と言った。店内には女主人と客はぼくしかいない。ぼくはここの店もツケで飲んでいて、ろくにおカネは持っていなかった。だが流しのすがるような眼を見ていると断われなかった。ぼくは恐る恐る「一曲いくらなの」と聞いた。流しを頼むのは初めてだった。「二曲で百円です」と男が言った。高いな、と思ったが「じゃ百円ぶん」と言う。

　男がギターを弾いて歌いはじめる。なんと春日八郎の「別れの一本杉」で、ぼくの大好きな曲だった。

　二曲目は三橋美智也の「哀愁列車」で、これまたぼくがしょっちゅう口ずさむ曲だった。ぼくはそのころ何人かの女性を好きになってはふられていたから、自分のほうから好きな女と別れるという歌詞の中に、自分の負け惜しみの美学をつくっていたのだろう。

　その後、おでん屋へ行くたびに信ちゃんというその流しに「別れの一本杉」と「哀愁列車」を歌ってもらった。歌のあとぼくは信ちゃんに酒をすすめ、いっしょに飲んでいるうちに彼の名前や、ぼくより一つ下の十九歳だということを知った。

ある夜、信ちゃんは小上がりで酒を付き合ってくれながら「俺《おれ》、中学中退だけど、コヒヤマさんの同人誌に入れてもらえるべか」と言った。もちろん、とぼくは言った。酔うにつれ信ちゃんは、自分が函館近辺の漁師の家に生まれ九歳のとき父親が女をつくって家出、母親もどこかへ行ってしまい、魚の行商人夫婦の家へもらわれた、と話した。その夫婦も男が賭《かけ》ごとにのめって信ちゃんが中学二年のとき離婚、男は信ちゃんを札幌の流しの親方に売って行方をくらました。そこでギターをおぼえ、ススキノを流して歩くようになる。

稼ぎはすべて親方にとられ、毎朝、親方から三食分の飯代をもらうだけで下着も買えず、風呂や理髪店へも行けず、夏は豊平川《とよひらがわ》で体を洗い髪は自分で鋏《はさみ》で切るという。一度、信ちゃんは腹がへって稼ぎからラーメン代をくすねて親方に見つかり、半殺しにされたという。

ある日おでん屋の女主人が、一週間ほど信ちゃんが顔を見せないと言って首をかしげた。次の日ぼくは給料から引いてもらえる店で安いワイシャツとパンツと靴下をツケで買い、狸小路《たぬきこうじ》一丁目の路地裏にある信ちゃんのアパートへ行った。家畜小屋みたいな六畳に、信ちゃん一人が寝ていた。横に二人ぶんの流し仲間の夜具がある。

信ちゃんはぼくを見て小さく笑い「風邪だから寝てれば治《なお》るから」と言う。額に手を当てるとひどい熱だ。ぼくは部屋を飛び出すとススキノにある行きつけの質屋で勤め先の社員証を出し、二千円貸してくれと言った。顔見知りの小母《おば》さんは少し考えてから「これ流したら会社クビになるもんね」と笑っておカネを出してくれた。そのおカネで風邪薬を買い、狸小路二丁目の食堂に卵丼《たまごどんぶり》の出前を頼んで信ちゃんの部屋へ戻った。

それから間もなくススキノから信ちゃんの姿が消えた。流し仲間に聞いても、わからないと言うだけだった。

三年がたち、ぼくは東京支社へ転勤になり信ちゃんのことは忘れた。東京で信州の女と結婚、九年いて札幌へ戻った。それから七年ほどたったころ、会社の住所のぼくあてに京都の寺院から手紙がきた。差し出し人を見ても思い出せなかった。

手紙の中に高額紙幣が三枚はさまっていた。読んで信ちゃんからだとわかった。彼がススキノから消えて二十年がたっていた。

信ちゃんは仏門に入っていた。手紙の初めに、ぼくの『出刃《でば》』という小説が芥川賞の候補になった祝いを述べ、次いで信ちゃんが流しをやめたあとのことが書かれていた。血を吐くような苦闘の記録で、読む途中、何度も涙で字が霞んだ。

それからまた三十年が過ぎた。気づくとテレビは政治家葬礼のニュースが終わり、料理の番組に変わっていた。別れてから五十年の間に信ちゃんは位の高い僧になっていたのだった。

ぼくはテレビを消すと勢いよく立ちながら「やった」と叫んだ。太い口笛が出た。五十年前に信ちゃんが歌ってくれた曲だ。

履歴書

五年前のある日、ぼくが五十年前に書いた履歴書が送り返されてきた。七十歳近くなるとちょっとしたことでは驚かなくなっているが、これにはたまげた。差し出し人は大阪の有名な電気製品会社の人事部である。

別の一枚の紙にワープロ文字で「長いことお預かりしていた履歴書お返しいたします」とだけしか書かれていない。ゆっくりと記憶がよみがえってきた。読んでいるうちに、恥ずかしさで自分の顔から血が引くのがわかった。ぼくが高校三年の十八歳のとき、あてずっぽうに送りつけた履歴書だ。

ぼくは生まれつき字が下手で、いくら書いても上達せず、劣等感の一つでもあった。少し黄ばんだ半紙に書かれた履歴書を開く。そこでまた驚いた。字が上手なのだ。毛筆で、十八歳のときの自分が書いたとは信じられないほどうまい。書き方も、雑なまとは比較にならないくらい丁寧《ていねい》で、一字々々、撥《は》ねるところはしっかり撥ね、「学歴」はちゃんと「學歴」と書いてある。これ、ほんとに俺《おれ》が書いたのかな、と首をかしげてしまった。

しかし正式に街の写真館で撮影した坊主頭に詰め襟学生服姿のぼくの写真も貼ってあるし、当時、大切な履歴書を誰かに代書してもらうほどの度胸はなかったはずだから、自分で書いたことは確かだ。

ただ、おかしなことに気づいた。ぼくの名前の「博」の右上の点がないのである。履歴書の前のほうと最後のほうの二カ所に氏名が書かれているが、その両方とも右肩の点がなく「博」なのだ。自分の記憶では子供のころから点を書いてきた気がする。

それでいつかとった戸籍謄本を引っぱり出して自分の名前を見た。点がないのである。親が出生届を出すときに落としたものか、役場の受付係が忘れたものか、とにかく点がない。ということは、ぼくはこの履歴書を書くとき戸籍謄本を見て、間違っていることがわかっていながら点を付けなかったものに違いない。

そんなことより、どうしてこんなものがいままで残っていたかだ。履歴書の最後にある昭和三十年十二月二十日の日付を見て思い出した。これは高校三年の冬休みに入る直前に書いたものだ。

　戦争が終わって十年しかたっていない一九五五年は、全国的にひどい就職難だった。苫小牧《とまこまい》工業高校電気科三年のぼくは、大学へ行くつもりの勉強をしていたが、親に激しく怒られ就職を決心する。そして十月、地元の電力会社を受けるが不合格、それ以降も学校へくる求人が少なく、不安と焦りの中にいたころだ。

　就職先がないから実家へ帰ると言ったら、苦労して仕送りしてくれた親たちがどんなにがっかりするかと思うと、いても立ってもいられない気持ちだった。働かせてもらえるところなら、どこでもよかった。

　寄宿舎で毎日々々、勉強しないで履歴書を書いた。送る当てもない履歴書だった。半紙を百枚買い込み、三十枚ほど書いたうちの一番、出来のいいのをとっておく。担任の教師に自分でも就職先を探すようにと言われ、ぼくはどうしていいかわからず履歴書をやみくもに五つ六つの会社へ送りつけたのだった。しかし返事は一通もこなかった。

　それにしても不思議なのは、どうして大阪の大会社にぼくみたいな者の履歴書が残っていたかだ。いくつかの推測のうちの一つに、ぼくが同封したはずの手紙に、貧農の父母や兄が下着も買えず、飲まず食わずで三年間仕送りしてくれた、就職できなければ路頭に迷う、どうか入社試験を受けさせてください、とでも書いたものに違いない。実際、当時そんな心境だったからだ。

想像するに、それを読んだ人事部長だかが、北海道の頭の悪そうな非常識な少年が、こんな泣き落としじみた無謀なことを言ってきてどうしろっていうのだ、と腹を立てただろう。履歴書を破り捨てかけ、それもできず不快な気分でちょっとだけよけておいたのだろう。すぐゴミ箱へ入れるつもりが忘れてしまい、それが何か重要な書類にまぎれて机の底深くに残ってしまったものに違いない。

ともあれ、こんなものを五十年ぶりに送り返してきた奇特な人は、もしかするとぼくという有名でもない小説家のことをちらっと聞いたことでもあって、会社の机の整理などしていてこの履歴書を見つけ、面白半分に送ってくれたものなのかもしれなかった。

けっきょくぼくはあのあと、何とか地元の新聞社へ就職させてもらえた。

いまぼくは五十年ぶりに返ってきた履歴書を前に、必死に生きようとしていた十八歳の自分に再会した気分だ。そして夢に向かって無我夢中で走ってきたわりには、七十二歳でこの程度の愚かな人間にしかなれなかったことを、彼に詫《わ》びたい。

文学青年

ついて先日、フランク永井が亡くなった日、ぼくは思いきって、いままで高価で手の出なかったブランデーのレミーマルタンを買ってきた。それをワイングラスについで肘掛《ひじか》け椅子に深く体を沈め、口へ運ぶ。フランク永井が最も得意とした美しいポーズの真似だった。

飲みながらフランク永井の「わが心はむせび泣く」や「チェンジング・パートナー」「テンダリー」など彼自身が選んだワルツの歌だけ十四曲の入ったLPレコードを出してきて聴く。一九八四年にフランク永井からいただいたもので、ジャケットの表に太い筆ペンでの達筆でぼくの名前と彼の名前がサインされている。

二十五年前になる。フランク永井が札幌のキャバレーへ公演にきたとき、そこの支配人の八柳鐵郎《はちやなぎてつろう》さんが、仕事で札幌へきていた作家の村松友視《むらまつともみ》とぼくをフランク永井に紹介してくれた。フランクさんが小説を読むのが好きだから、ということからだった。四人で夜中まで飲んだが、フランクさんはレミーマルタンしか飲まなかった。

　ぼくらは酒の酔いをいいことに、初対面で年上の有名歌手をなれなれしく「フランクさん」と呼び、フランクさんも酔っ払い物書きと諦《あきら》めてか、「村ちゃん」「コヒちゃん」と呼んでくれた。村松さんが四十三歳でぼくが四十六歳、フランクさんが五十一歳だった。その後ぼくは新しい著書が出るたびにフランクさんに送り、フランクさんからもサイン入りのレコードなどが送られてきた。

　フランクさんの札幌公演は一年に二回くらいで、そのたびにぼくと村松さんは客席で聴き、休憩時間には楽屋へ行って酒を飲む。フランクさんは持参のレミーマルタン、ぼくらはビールだ。フランクさんはぼくらに次のステージで歌ってほしい曲があるかと聞き、ぼくらは図々しくも「俺は淋しいんだ」とか「有楽町で逢いましょう」などを頼み、歌ってくれた。考えてみればオーケストラの演奏で歌うのだから曲はすでに用意されていたはずなのに、そんなことも知らず、まったくもってぼくらは礼儀知らずの田舎者だった。

　舞台が終わると四人でススキノのスナックで飲む。フランクさんは何々亭という名を持っている落語家でもあるため話が知的かつ文学的で面白く、ぼくらは笑い転げながら聞いた。酔ったぼくと村松さんが「よし、フランクさんの前でフランク永井の歌を歌うべ」と無謀きわまることを叫ぶのだ。というのは、フランクさんはカラオケでの自分の曲はすべてキイが高く作られているため、自分では一曲も歌えないのだ。ぼくが「霧子のタンゴ」を、村松さんが「公園の手品師」を歌う。プロ歌手の前で歌うのは気が楽だ。とにかく、うまく歌おうという気がまったくないのだから、のんきなものだ。

フランクさんはカウンターにもたれ、呆《あき》れたように「そこは、もっとやわらかなのに」などぶつぶつ言っては笑う。ぼくは得意の「夜霧に消えたチャコ」、村松さんは、「東京午前三時」とどんどん歌う。なにせぼくらはフランク永井の歌はすべて歌えるのだ。

やがてぼくらの歌があまりにも下手なのにアタマにきてか、フランクさんは「よし歌う」と立ち、カラオケなしで持ち歌の「おまえに」を歌った。当然のことながら、ただごとではないうまさで、ぼくらは息を呑んだ。

一九八五年五月十八日、フランクさんの公演のあと、ぼくの家へ行って飲もうということになりタクシーに乗る。ぼくは近所の人にもフランクさんを見せたくなり、妻に電話で、きたい人はそばの焼き鳥屋へ集まるように伝える。着くと夜中の十二時で百人ほども集まっていた。歌になり、やがて酔ったフランクさんが、カラオケでただ一曲だけ歌えるというアイ・ジョージの「赤いグラス」を歌った。そのころぼくはフランクさんに、ぼくが編集していた本に原稿を頼んだ。

その年の十月二十日、ぼくが東京の自宅にいたフランクさんと電話で話したときフランクさんは「十一月四日の札幌での公演のあと、コヒちゃんの郷里の滝上《たきのうえ》へ遊びに行って歌ってもいいよ」と言い、また「十一月二十二日の札幌でのコヒちゃんのファンクラブの創立記念会に行くのも楽しみにしているんだ」と言った。ぼくが「とんでもない、そんなこと」と言うと、フランクさんは得意の落語調の外国人ふうの口調で「キニシナイネ、トモダチネ」と言った。

次の日の十月二十一日、フランクさんが自分で命を絶とうとしたことが起こり、ぼくは驚きで飛び上がった。そしてその次の日の二十二日、フランクさんから頼んであった原稿と手紙が入った速達が届いた。原稿は「中華ソバが食いたい」という千二百字の秀逸のエッセイだった。手紙の日付が十月二十一日ということは、手紙を投函したすぐあとにフランクさんの身と心に急激な異変が起こったものだ。たぶんそれは、あの庶民的で誠実な、他人を思いやる責任感の強い人格者の文学青年・フランクさんゆえのことの気がする。

それからの二十二年間、ぼくはフランクさんの歌を歌いつづけてきたが、とても幸福な気持ちだ。なんたってトモダチと言ってもらえたのだから。

珍味について

食べ物にたいする味感《みかん》は、その人その人の生まれたときからもっている感覚のほか、子供のころからの食習慣や生きてきた過程で出合った食べ物の種類や味、広くは気候や風土、生き方にたいする考え方などにも左右されるように思う。そしてそのように一人々々、違うのが個性で、面白い。

ぼくは痩《や》せ地を耕す貧農の子に生まれて、蕎麦《そば》や麦、ジャガイモ、カボチャやトウキビあたりを食べて育ったから、食べ物の味についてとやかく言えたがらではない。言えたがらではないのに、四十歳を過ぎてあちこち食べ歩くうちに一言言いたくなったのは、狭い世間しか知らない者の差《さ》し出口癖《でぐちぐせ》ということだろう。

ともあれ旅先ではたくさんの珍しい食べ物に出合った。そしてそれぞれの味に感嘆したり小さくうなずいたりした中で、ときには首をかしげることがあったのは、たぶんぼくの味感が粗雑だったからなのだろう。

世界の三大珍味はキャビアにフォアグラにトリュフだという。三つともいただいたことがあるが、おお、と声に出すほどの感動はなかった。おそらく麦飯と白く塩を吹いた塩ジャケとタクアンをごちそうと思って育ったぼくには、本物の珍味の味のよさなどわからないということだろう。

キャビアはチョウザメの卵を塩漬けにしたものということで、小樽へ中古の車を買い付けにきたロシア人からいただいたのと、東京の料理屋でと二回食べた。もともとぼくはキャビアの本当の味というのを知らないのだから、口にした味の説明も評価もしようがない。

ガチョウの肝臓を肥大させて脂肪肝にしたというのがフォアグラだというが、ソースをかけて食べるとアンコウの肝に似た味だった。ガチョウを可哀想に思った。

トリュフは食用キノコで、フランス南西部でとれるトリュフやイタリアでとれるものなどがあるそうだ。犬とか豚の嗅覚《きゅうかく》を使って探させて採るというから、その採取方法だけでも珍しい食べ物ということになりそうだ。

ぼくが十歳のころ、父が村の猟師がとったヒグマの肉をもらってきたのを砂糖、醤油で煮て食べた。父と兄とぼくが食べ、母や姉たちは食べなかった。硬い肉という記憶だけで味はおぼえていない。

中国作家協会に招かれて北京や大連、ハルビンを回ったときも熊の手の肉をいただいた。これは柔らかくてうまかった。あちこちで蛇の肉、蛇の胆嚢《たんのう》、蛇の皮の煮付け、鮫の肉、鯰《なまず》の肉をいただいたが、あまりにもいろいろと珍しい食べ物が連続して出されるので、味はよくおぼえていない。案外、はっきり記憶に残っていないことがよかったかもしれない。

中国ではまた鳩の肉の炒《いた》めたのとか豚の舌や心臓もいただいた。カステラみたいな菓子の上にのっていた蟬の幼虫は、ぼくは口にできなかった。それが焼くとか煮るとかの加工がされていたのかどうか、聞くのを忘れた。

京都で食べたナマコの卵巣《らんそう》を乾燥させたものというクチコを炙《あぶ》ったのは、匂いが香ばしく燗酒《かんざけ》に合ってうまかった。

寒い日本海でとれたタコの口《くち》の刺身はおいしい。トドの肉はおいしいのかどうか、ぼくにはわからなかった。新宿で食べたイノシシの肉鍋は絶品だった。

オーストラリアで食べた、タスマニア島近くの冷たい海流でとれるシドニーロックオイスターというカキ貝は小ぶりでおいしい。またパシフィックオイスターというカキ貝も、日本の広島産のカキ貝の種を持って行って育てているということで、これもうまかった。

　同じくオーストラリアの高台で夜半、頭の真上に広がる南十字星と天の川を見ながら食べたカンガルーの肉は、なかなかだった。大きく切った肉をステーキふうに焼いたのに塩とコショーをかけたもので、牛肉に似た味で赤ワインによく合った。

　しかしカンガルーを日本文字で「野生袋鼠」と書くと聞くと、何となく味に微妙な変化をおぼえたのは、ぼくが食通でない証拠だろう。

　つづけて地元でとれたクロコダイル、つまりワニの肉というのを食べる。こまかく刻んだワニの肉にナッツをまぜてスパイシーにしたもので、少しにおいがあったが食べられないという味ではなかった。


　こうして珍味というのは珍しい味、あるいはめったにないおいしい食べ物という意味であることはわかった。

　しかしおいしい物も五回、十回とつづけると飽《あ》きるが、ぼくが食べる物の中で毎日々々食べて、七十年間、およそ五万回食べつづけてきても飽きないという珍しい物も珍味と言えるように思うが、どうだろう。米の飯《めし》だ。

帰ったあと

　ぼくは札幌の手稲山《ていねやま》の麓《ふもと》に建てたウサギ小屋みたいなボロ家に住み、小説などを書いている。同じ区内に住んでいる大工《だいく》さんがぼくの本を読んでくれているため、ときどき近くの居酒屋で酒を飲んでいる。

　その五十歳の大工さんは小さな建設会社から仕事をもらっていて、一人っ子の男の子が函館へ就職したため奥さんは近くのスーパーストアのレジへ働きに出ている。

　ある日、その大工さんの家へ外国人の青年が住み込みで弟子に入った。アフリカのモロッコからきた二十三歳のベルベル人で、日本へ出稼ぎにきたのだという。青年の実家はモロッコのアトラス山脈の中腹にある貧しい農家で、弟と妹を中学へやるために彼がその学資を稼ぎにきたというものだった。

　マドルという名前の青年はぼくと同じくらいの一七〇センチほどの背丈で、顔は浅黒くアジア人に近い顔つきをしている。

ぼくはそのベルベル人の志《こころざし》に興味もあって、四、五日たった夜、大工さんの家へ遊びに行った。驚いたことにマドルさんは正座をして食卓に向かい、ぎごちないながら箸《はし》を使ってご飯を食べていた。ぼくが入って行くとぼくのほうを向き、正座をしたまま両手を床についてしっかり挨拶をしたのにはびっくりした。大工さんが「とてもじゃないが、おかしな日本人なんかかなわないよ」と笑い、ぼくも笑った。

どうしてマドルさんがこの家へくることになったのかを聞くと、外国人の働き先を斡旋《あっせん》する公共の団体に頼まれて、仕方なしに二年間だけという約束で引き受けたのだという。

マドルさんはモロッコにいるとき、日本へ出稼ぎにくるため独学で日本語での会話を学び、東京へきて一カ月、日本語を勉強、片言ながら衣食住のための最低の会話はできるということだった。大工さんは「ま、大工仕事は無理だけど、道具の手入れや片付けとか建材の整理ぐらいはできるべ」と笑った。

二カ月ほどたったとき、ぼくはマドルさんと大工さんを誘って街のレストランで食事をした。雑談の中で日本の印象を聞くとマドルさんは「モロッコはとても貧しい国です。日本はあこがれの国でした、でも」と、一度そこで言葉を切った。

「日本へくる前、日本はお寺とか富士山とか奈良、京都など美しい庭のある国だと思ってましたが、きてみてがっかりしました。高層ビルばかり。道ばたに投げ捨てられている空き缶やビニール袋、ゴミの山。日本では一年に三万人も自殺するとか。モロッコでは自殺する人はいません。日本の乗り物では若い人が座ってお年寄りが立っているなど、衝撃でした」

　そしてマドルさんが最も悲しかったのは、日本で会う人がまず聞くのは「どこの大学を出たのかということと収入はいくらかということ、両親の職業は何かということ」だという。日本人はどうしてそんなことを聞くのか、とマドルさんは首をかしげる。「現在の自分がどうであるかを見てくださることが大切なんではないでしょうか」と悲しい表情をした。

　それを聞いてぼくは、狭い島国の日本人のもつ心の狭さに愕然とし、眼を伏せた。

　それから五日ほどたった日曜日の夕方、マドルさんが高速道路下の道路を、大きくふくれたビニール袋を肩にかついで通るのに出会った。袋の中は空き缶や空き瓶《びん》やゴミだった。聞くと、そこの国道わきに落ちていたのを拾ってきたのだと言った。そして「これから仕事が休みの日曜日と雨で仕事のない日、拾って歩こうと思うんです」と笑った。ぼくは何か言わなければと思ったが声が出なかった。何を言っていいのかわからなかった。

それからの日曜と雨の降る日の夕方、ぼくが車で買い物に行ったときなど、作業服姿のマドルさんがゴミで大きくふくらんだビニール袋をかついで歩いているのを見かけた。見ながらぼくは、何もしない自分を恥じた。

マドルさんは拾ってきたゴミを大工さんの家の前に置き、そばに訴えを書いたベニヤ板を立てた。それには「このゴミはみなさんが道路わきへ捨てたものです。日本は美しい国のはずです。それにはだとするとみなさんの心ということになります。どうかやめてください。私は日本人を信じています」と書かれてあった。

それから二年間、マドルさんは雨の降る日など、ずぶ濡れになりながら道路わきにうずくまって空き缶などを拾い集め、冬も雪の中を這うようにしてゴミを拾っていた。

二年がたち、マドルさんは弟と妹を中学へやるおカネをためてモロッコへ帰って行った。

マドルさんが帰ったあと一年半たったが、彼が歩いていたあたりの道路わきでゴミを見ることはない。

回転寿司

だいぶ前になるが一時期ぼくは回転寿司に凝《こ》って、あちこちの店へ通ったことがある。面白い理由は自分でもよくわからなかったが、本来は動かないはずの寿司が動くというところが愉快だったのかもしれない。

ぼくは山奥の農家に生まれたこともあり、寿司といえば二十歳まで煮つけた油揚《あぶらあ》げに酢飯を詰めた稲荷《いなり》寿司か、味をつけた干瓢《かんぴょう》や卵焼きを中に入れた海苔《のり》巻き寿司しか食べたことがなかった。

初めて握り寿司を食べたのは五十年前の東京に住みはじめた二十四歳のときで、銀座の有楽町寄りにある立ち食い寿司屋のカウンターで一個十円のを三十個も食べた。給料が二万五千円くらいのとき昼食代に三百円は贅沢《ぜいたく》だったが、世の中にこんなうまいものがあるのかとたまげて腹いっぱい食べた。

ぼくは、握り寿司は高価なものでおカネもちしか食べられないものだと思っていたから、その後、長い間、寿司屋のカウンターに座るときは極度に怯《おび》えつづけた。

ぼくの場合、回転寿司の動くベルトの前へ座ると気が急《せ》いて落ち着きがなくなり、小皿へ醤油をついだり茶の用意をしたりする手元があぶなっかしく揺れてしまう。それはたぶん、視界の隅に流れてゆく寿司が映っているからに違いない。

ぼくは自分に自信がないせいか、そばに動いているものがあるとわけもなく気持ちが動揺してしまうことが起こったりするのだ。

食べる用意ができ、改めて動いている寿司を見る。いつもぼくが最初に食べるのはマグロの中トロとウニで、ベルト上にそれが見えないときは内側にいる職人さんに口頭で注文する。あとはベルトの上から眼についたものを取ったり職人さんに注文したりして食べてゆく。

問題はそうしている間も自分の眼がせわしなく右左に揺れ動くことだ。回転寿司のベルトは右から左へ向かって動いているわけで、ぼくは口の中で寿司を噛みながら、もう視線は次に食べる寿司をねらって右から流れてくるものを見ているのだ。

何ともさもしい眼つきの気がするが、動く寿司の前では自然にそうなってしまうのだからどうしようもない。

ぼくは回転寿司では自分の好みのものばかり食べることと、満腹になってもつい手を出してしまうことが多くて情けない。これはぼくがいいかげんな人間であるうえ意志が弱いからだけではなく、動くものを追うという野性の本能みたいなものがよみがえるのかもしれない。また遠い先祖の狩猟民の血が騒ぐせいという気がしないでもない。

十五年ほど前、本州のある都市で講演に向かう汽車に乗るため駅へ急いでいて空腹に気づいた。それで通りにあった回転寿司の店へ飛び込んだ。店内に客がいなくて薄暗く、倉庫へでも入った感じがした。カウンターの中にいる五十歳くらいに見える白衣の男の職人さんの「いらっしゃい」と言う声も沈んで聞こえた。

ぼくは思わず腕時計を見た。午後四時で店は準備中という休憩時間のようなのだった。だが「いらっしゃい」と言ったのだからと思い、カウンターの椅子へ座る。しかし何となく気持ちが落ち着かない。

中の職人さんが「言ってくだされば握りますから」と言う。奥から二十歳くらいの女性がお茶を持ってきてくれる。

そのとき気づいた。寿司をのせて動く回転ベルトがとまっていたのだ。ぼくは停止しているベルトを見ながら、まずい時間に入ってしまった、と思った。とにかく中トロ、締めサバ、カズノコだけを頼む。職人さんの「あいよ」という声もかすれて聞こえる。

思えばなんと、ぼくには回転ベルトが動かないというだけで店内が薄暗く思え、従業員も元気なく見えるなど、すべての風景が打ち沈んで感じられたのだ。自分でもいやな、それでいて不思議な感覚だった。

職人さんがとまっているベルト越しに握った寿司をのせた皿を差し出してきて、ぼくの前へ置く。驚いたことに食欲がなくなっていた。それは店のほうには何の問題もない、ベルトが動かないことでの、ぼくの内側にだけ起こった利己的で勝手な感情によるな事態にすぎないことだった。

ぼくは小皿に醤油をつぎながら一瞬、職人さんに、ぼくが食べる間だけでも回転ベルトを動かしていただけませんでしょうか、と言いそうになったが、もちろん口にはしなかった。

ぼくは店を出て歩きながら、回転寿司というものがもつ面白さをのぞき見た気がし、この仕組みを考え出した人の才能の奥深さに唸《うな》った。同時に自分の身勝手さも思い知った。

十円札、百円札

ぼくは小さいときから慌《あわ》て者で忘れっぽく、母に馬鹿だ阿呆だと言われ、それは自分でも自覚していたし、いまなおろくでもない人間だ。それなのに、なぜか六十年近く前に一瞬よぎった邪念が気になりつづけてしょうがない。

小学四年生だった。汽車が通る市街から山間《やまあい》の狭い沢を十二キロも山奥へ入ったところに、ぼくらの村があった。ぼくの家から学校までの四キロの中間あたりに、同級生の省一の家がある。省一は泣き虫だった。

ぼくは毎朝、学校へ行くとき省一ら同級生を誘って登校した。帰りも六、七人がいっしょで、夏から秋にかけては川で泳いだり山ブドウをとったりし、冬は学校へスキーをはいて行くので帰りに山の中をすべって遊んだ。ぼくはいつも省一といっしょだった。ぼくと省一は仲が良かったが、たまには口喧嘩になって泣いたり泣かされたりした。だがすぐ仲直りした。

省一の家はぼくの家と同じく農家だったが、母屋の道路に面したほうで小さな店もやっていた。塩や砂糖や酒、駄菓子などを売っていて、近くの村人はちょっとした物は十二キロ先の市街まで行かなくても買えるので重宝していた。

ぼくが十一歳になって間もなくだった。夕方近く母に、省一の店へ行って醤油を買ってこいと空《から》の四合瓶《しごうびん》を持たされた。量り売りで、これに一本ぶん売ってもらうのだ。母は巾着《きんちゃく》という小さな布袋に札のおカネを入れてぼくに持たせた。以前に一度、ぼくがおカネを直接、半ズボンのポケットに入れて買い物に行き、ポケットの底の破れ穴から釣り銭を全部、落としてきて母にしこたま怒られたのだった。

店へ行くと奥から省一が出てきた。いつもは省一の両親か中学生の姉が客の対応をするのだ。夕方の六時前で、家族はまだ畑にいる時間なのだった。

ぼくは風呂敷の中から四合瓶を出すと「醤油、これにいっぱい」と言った。省一は漏斗《じょうご》を使い、店の一升瓶からぼくの瓶へ上手に醤油を移した。「おまえ、うまいべやあ」とぼくは感嘆の声を上げ、省一が「なんもだ」と照れた。

ぼくは布袋から一枚だけ入っている札を出して省一に渡し、省一がくれた釣り銭をそのまま布袋へ入れた。醤油瓶を風呂敷にくるんで背中へ斜《はす》に背負い、風呂敷のはしを胸のところで結ぶと省一に「さいなら」と言って外へ出た。

歩きながら、釣り銭いっぱいだったな、と思う。変な気がした。百メートルほど歩いたところで立ちどまり、道ばたの草むらにしゃがんで布袋の中の札や硬貨をあけてみた。十円札が何枚もある。母が布袋へ入れてくれたのは十円札一枚だけだから、釣りは五円札か硬貨が何枚かでいい気がした。省一が十円札を百円札と間違えて釣りをくれたのだ。

いきなりひどい動悸がした。一瞬、頭の奥を漫画雑誌の「冒険王」や「譚海《たんかい》」がかすめた。ほしい本だった。しかし一年間に正月と運動会と秋祭りの三回だけ十円ずつ親からもらう少ない小遣いでは、とても買えなかった。

そのとき眼の底に、店のおカネが少なくなったと親に問い詰められて泣いている省一の顔が思い浮かんだ。「おれ知らない、おれ知らない」と泣き叫んでいた。

ぼくは大急ぎで草の上のおカネを集めると飛び上がるように立ち、一目散に省一の店へ向かって走った。息が切れ眼が霞んだ。

店にはまだ省一ひとりだけだった。ぼくが多い釣り銭を返すと省一は「助かったあ、あぶなく母ちゃんに叩かれるとこだった」と笑った。そして何回もぼくに礼を言った。ぼくも凄く嬉しかった。

家へ帰るとぼくはすぐ母に、自分が正直に釣りを返したことを声に力を込めて話した。とにかく自慢でしょうがなかった。

ぼくが話し終わる前に母が突然、大声で「この馬鹿ったれが！　わしが袋に入れといたのは百円札なんだぞ？　なに見てるんだ、このぼんくら！」と怒鳴った。ぼくは驚いて飛び上がった。

とにかくぼくが知っているのは五円札か十円札だし、市街の店での買い物は通《かよ》い帳でのツケのため百円札などろくに見たことがなかったのだ。そんなことより、母に誉《ほ》められると思ったのにこっぴどく怒られたことの衝撃で泣きそうだった。

そのあとぼくは母に追い立てられて省一の店へ釣り銭を返してもらいに行ったのを、うっすらとおぼえている。おぼえているが思い出したくない。なぜなら馬鹿なぼくは省一の家族の前で何の説明もできず、ただ「省一ごめん、省一ごめん」と大声で泣いてばかりいたからだ。

修学旅行記

古い日記の整理をしていたら六十年前の、ぼくが中学三年のときの修学旅行中に書いた日記帳が出てきた。行き先は札幌と小樽だ。驚くのは十五歳だったぼくの文章の幼稚さと誤字の多さだ。これにはがっくりくる。ともあれ田舎者なりの滑稽な表現もあって可笑《おか》しく、原文のまま写してみる。

昭和二十七年五月七日（水曜日）晴。朝の六時に蒸気汽車で滝上《たきのうえ》駅を出発した。名寄《なよろ》で乗りかえ長い十二時間の汽車旅行を終えてあこがれの札幌駅へ着いた時は六時近かった。僕はこの駅の大きく、人の多いのには予想以上におどろきました。皆汽車を下りるともうまわりのすばらしさに目を見張っているばかりです。

先生と共に駅を出て宿屋へ急いだ。市内を歩いていると自動車は通る、オートバイ、人力車、電車、モータカー、三輪車とあらゆる乗物がひっきりなしに行き来している。

僕等は道路のわきの店ののき下を歩いた。と中から市内電車に乗った。

やがて僕等が宿をとる大きなお寺についた。おかねをけんやくするため宿屋にはとまれないのだった。広い部屋で夕食をとったあと、まだ誰も市内の事を知っていないのであるから生徒の希望によって七時から九時迄、夜間外出をすることにし、各班に分かれてタヌキ工事（狸小路）を見学する事になった。皆で六時四十五分にお寺前に制れつ（整列）した。

夜道を歩いていると不良もいた。彼等は店ののき下に色目鏡（色眼鏡）などやしまシャツを着てじっと人通りの様子をうかがっている。時たま大きな声でどなったり、ぶつかって来るのでおそろしくなった。このりっぱな都市に、こんな不良が住んでいるのかと思うと、つくづくうなだれた。

ブーブー、チンチン、リンリンと生まれてはじめて聞くけたたましい音を立てて車が目の前を走っている。やがて有名なタヌキ工事へ着いた。とても人通りが多かった。まず一丁目というすずらんでかざった下をくぐった。右も左もパチンコ屋でいっぱいでした。

僕等四人は本屋に入った。ほしい本が山ほどあった。何回も何回も見た。僕はこれは良いというやつを買った。「社会科の急所」と「徒然草」の二冊を買った。その他ほしい本がたくさんあったが市内を全部見て「まだ良い本があるのではないか」と思ったのでこれでやめて置いた。

時計を見ると九時十分だったので皆で店を出た。外国人が女の人と手をつないで歩いていてびっくりした。そばへ行って話を聞くと英語で話をしていた。僕にもその中に解訳（解釈）できる語もあっておもしろかった。十一時過ぎにねた。

五月八日（木曜日）くもり。今朝、四時頃まわりの人のさわがしい声に自然に目が開いたのでした。皆で朝のラジオ体操をした。元気な空気が皆のまわりにみなぎっていた。

べんとうを持ってお寺を出、貸切りバスに乗った。まず最初にフルヤ製菓の工場を見た。僕が思っていた想像よりもはるかにすばらしいものであった。次はビール会社へ行った。びんづめも中をあらうのも何から何まで自動的にやっていた。次に製麻工場を見た。その間バスは待っていてくれた。

次は北海道大学、北海道庁、その次に丸山（円山《まるやま》）公園へ向った。女のしゃしょうさんがバスの中で北一条通りの歌を歌ってくれた。バスにはマイクもラジオもついていておどろいた。丸山公園で動物園を見た。サルや七面鳥など多くの動物がおりの中で遊んでいた。

あたりは満開のサクラで何万という人出だった。バスに乗るとき先生が人数を調べると生徒が一人見えなかった。さあ大変だ。先生は青くなった。生徒も青くなった。バスは待ってる。生徒がいない。先生の心配は一通りではなかった。先生と二、三人の生徒でさがしに出かけた。もしこの何万人かの人にまぎれこんだら、それこそ大変だった。

バスも時間をちょう過したので先生だけ置いて公園を下った。そのあと植物園を見、次は放送局を回った。今になってもはぐれた生徒は帰ってこない。僕等は豊平《とよひら》駅から三時五十五分の定山《じょうざん》けい行きの電車に乗ったが、僕等はいなくなった生徒がとても心配だった。

定山けいに着くと山の中で、川岸に五階、六階のものすごく高い建物が立ち並んでいて、川岸から白い湯げがゆらゆら立ち登（上《のぼ》）っていた。僕等はカルク温泉という宿屋へ入り、五班と六班は六〇番の部屋でした。五時半頃、温泉風呂から上って三階の広い部屋で皆いっしょに御飯を食べた。先生は生徒が一人居ないため笑顔一つせず、僕等も心配であんまりおもしろくなかった。六時半から九時迄、自由外出をみとめたので、僕等はすぐ仕たくをととのえて外へ出た。皆で店屋へ入っておみやげを買った。僕はくりようかんと人形、かべかけ、その他手ぬぐい、絵葉書などたくさん買った。

八時頃に部屋へ帰ると、札幌に残った先生から電話がかかって来て、丸山公園ではぐれた生徒が居たといった。それを聞いた僕等の喜びはどんなであったろう。先生も今迄少しも笑わなかった顔をニコニコさせた。

さあよかったというので、五班と六班の人で祝いにラムネでも飲もうというので一人十円ずつ出してラムネを買って来て、皆で「カンパイ」とさけんだ。

温泉風呂へ入り、部屋へいくともうふとんをしいて早い人はねていた。僕もさっそく寝た。電灯をつけているとメートルも上って無駄になるので消した。静かになって楽しい夜は自然にふけて行った。

五月九日（金曜日）晴。朝起きて歯をみがくと外へ出て先生と共に体操をした。シャツ一枚でとても気持が良かった。太陽は東の空から今登（昇）りかけたばかりでした。体そうのあと僕等は先生の後について走り、川の岸で休んだ。すずしい朝風が顔をなぜる。さらさらと音をたてて流れる川には白い湯げも立ち登っている。また走って宿屋の前へ行くと写真屋さんが来ていた。僕等は皆でカルク温泉宿屋をバックに写してもらった。

僕等は今日の十一時五十五分の電車で札幌へ帰る予定なので、道具をそろえて駅へ行った。すぐ電車がきて先生とまよった生徒がおりてきて、僕等はよかったよかったといった。その生徒と先生の二人はこの次の十二時五十五分の電車で行くといって僕等と一しょには乗らなかった。

約十ぐらいの駅をすぎ札幌に近づいた。まこまないという米国人の村があった。色ぬりのたくさんの家がたっていた。電車が豊平へ着いて市内電車に乗った。今日はお寺へとまるのをやめた。なぜならお寺にはふとんもなくて毛布一枚では風（風邪《かぜ》）をひくし、あの小さな茶わん一ぱいのご飯では死んでしまうという皆の意見に対して先生が駅前の越中《えつちゆう》旅かんへ宿をとってくれた。この宿屋も百以上もの部屋があっておどろいた。便所へ行くとまよってしまって部屋へもどるのにとても苦ろうした。

それから北海道新聞社を見学した。とても大きな工場で全道へ配る新聞は一まき五トンのまき紙が四〇もいるそうだ。僕はこれにはびっくりした。印刷する二台の機かいがまわっていて、一分間に六千枚も新聞が刷れるそうだ。そこへ一電車おくれた先生と生徒がきた。

その日は各部屋ごとに食事を取った。夜の九時迄の自由外出に僕等は四人ずつグループで、タヌキ工事へ行くとものすごい人だった。僕等四人はまよわないよう手をつないで本屋を求めて歩いた。本屋へ入って「日本史事典」「栄養読本」「近代日本の文学」「国語のまとめ」「中学数学のそうまとめ」「音楽・図工学習」「保健体育の学習」

「中学数学の自習」などを買った。友達が「おまえ高校受けんのに」と言う。僕は中学出たら山のはんばへ出かせぎに行くのだった。高校へ行けんくても勉強はしたかった。そして帰りに家族へのみやげに、めずらしいのでバナナを五本買った。

五月十日（土曜日）くもり。今日は八時の汽車で小《お》たるへ向かった。海が見えてたいへん良い風景でした。昼迄の自由行動で僕等のグループはデパートへ入って妹になわとびを買った。父母や兄のために「農業世界」という本を買った。たいへん役立つと思ったからであった。絵葉書を買った。これは後々迄思い出になって良いと思った。昼近く駅前へ集まると父ちゃんくらいの男の人が地面へすわって、よく意味のわからないことをいっていた。まわりで見ている人が笑っているので僕はその男の人をとてもかわいそうに思った。

バスに乗って古代文字を見たあと公園に上った。今やサクラはまん開だった。そのあとみなとへ行き、発動気（機）船に乗ってずうっと三里ほどまわった。岸へ上って長さ百三十米、六千八百トンという巨大な船の中を見学した。運てん室で説明していただいて、機かいのものすごさに今さらながらおどろいた。

バスで駅にもどり、汽車に乗る夜の八時迄映画を見ることにした。日活という映画かんへ入ると「海の無ほう者」という総天然色の外国映画をやっていた。それを二回も見るともうあきて外へ出た。そのときいっしょのT君が胸と頭が痛いといい、僕はとっさにはい病ではないかと思った。駅へ着くと僕は先生にたのまれてT君をいすにねかせて頭を手ぬぐいでひやした。あたたかくなるととりかえた。

汽車がきて皆が乗（り）こんだ。僕はまっさきに乗（り）こんでT君が楽にねて行けるように二人ぶんのせきを取った。今度は貸切りでないのでほかの客も乗ってきた。僕は立っていた。僕は一しょけんめい手ぬぐいをひやしてかん病をした。

そのうちT君は横になってねむったので、僕は先生のところへ行ってすわらしてもらった。そしてときどき僕は人をかき分けてT君の熱をはかったり頭の手ぬぐいを取りかえてやった。二時になってもねむれなかった。先生もねむったので、僕ははらがすいたのでおにぎりを食べた。

汽車の中には僕にせきをかわってやるというとても親切な人もいたが僕はえんりょした。僕はその人達に深く心から感謝した。三時頃、三十分ばかりねむった。女子のSさんが汽車によって苦しいというのでジンタンや水をやった。そして汽車の窓をあけてそこから顔を出させてすずしくしてやると、いくらか気持がよさそうだった。あたりがだんだんあかるくなってきて、あちこちに話し声が聞こえた。

十三時間かかって朝の九時に滝上駅に着いた。僕等は先生の話を聞いて家へ帰り、おみやげを出すとそのままぐっすりとねこんでしまった。

日記をそのまま引用したが、いま我侭《わがまま》で自分勝手なぼくが十五歳のとき、学級委員長をしていたとはいえ本当にこんなふうに友達のめんどうをみたなんて信じられない。

五十年後

もうだいぶ前のこと、山間《やまあい》の町に講演に呼ばれて行ったおり、そこで小さな地方新聞を出している方が、その町に住むハルさんという女性の半生を話してくれた。心にしみるその話を、ぼくは多くの人に伝えたいと思った。

太平洋戦争が激しくなり、ハルの夫も息子も兵隊として千島へ行っていた。四十一歳のハルは中風《ちゅうぶう》で寝たきりの七十歳の姑《しゅうとめ》の世話をしながら、一人で農作業をした。そんなとき役場の紹介で本州からきた援農の学生が一人、ハルの家へきた。毬栗頭《いがぐりあたま》の十六歳の少年で三カ月か四カ月、寝泊まりして畑仕事を手伝ってくれることになった。少年は丸山良太という名で、新潟からきた小柄な子だった。礼儀正しく、朝起きたときも夜寝るときもハルに向かってしっかり正座して両手を床について挨拶した。

ハルの家は畑作で水田がないため、米を買って食べていた。収入がジャガイモやビートを売っただけのため、あまり米を買えなかった。それでご飯は麦九分に米一分の割合で、ほとんど真っ黒の飯だった。

ハルは重労働をする子供の良太に、麦だらけのご飯とジャガイモの塩煮ばかり食べさせるのがつらかったが、ほかに食べ物がないので仕方なかった。それでも良太は出すものを何でも、おいしい、おいしい、と言って食べてくれた。

五月下旬から作物の蒔《ま》き付けをした。馬での仕事はハルがやり、良太は鍬《くわ》での畝《うね》切りや種蒔きをこなした。良太は天気のいい日は朝の五時に起きて六時には畑へ出、夕方の七時に仕事をやめるまで十三時間も働いた。夜はいつも本を読んでいた。

ハルは農作業のほかに朝昼晩の食事の支度や馬の手入れ、馬草を刈って切ったりストーブに焚く薪《まき》を切って割ったりする。寝たきりの姑に食事をさせ、下の世話をする。それで良太の働きが大助かりなのだった。七月に入ると作物が成長、同時に雑草も伸びて草取りに追われた。良太は小雨の日でも蓑《みの》を着て麦藁《むぎわら》帽子をかぶって畑へ出、草取りをした。ハルが、風邪を引くからととめても、大丈夫です、と笑った。

戦地にいる夫や息子からくる二カ月に一回くらいの手紙には、元気だから安心しろ、と書かれてあるだけだった。

ある日、夕食のときハルは良太に、「あなたがこんな遠くへきて親ごさん心配してるでしょう」と聞いてみた。しかし良太は「大丈夫です。父は大工ですが、ぼくがこっちへくるとき父は、いいか親に手紙なんか書く暇があったらぐっすり寝て体を休めろ、そして何があっても歯をくいしばってそこの農家のために働いてこいって言ったんです」と笑った。それを聞いてハルは何度もうなずいた。凄《すご》い父親だと思った。

夏の暑いさなか良太は作物の除草をつづけ、九月に入るとジャガイモ掘りや麦刈りなどに走り回った。ハルがいくら働き過ぎると言っても、若いですから、と笑った。

九月中旬、約束した四カ月間が過ぎ、良太が新潟へ帰る日がきた。その日ハルは思いきって一人ぶんだけ白米のご飯を炊き、良太に食べてもらった。しかしそれくらいのことでは良太の働きにたいしての礼になるとも思えなかった。

ハルは思いついて箪笥《たんす》の底にしまってあった雪下駄《ゆきげた》を出してきた。足をのせるところが畳になっていて、爪先に雪がかからないように覆《おお》いがあり、裏の二枚の歯には鉄の滑りどめがついているものだった。新潟も雪が多いと聞いていたから、これだと使えると思った。まだ一度も履《は》いたことがなかった。

ハルは良太に雪下駄を持たせ「こんなに働いてもらったのに何もお礼ができなくて。この下駄、私が嫁にくるとき母が持たせてくれたものです。あなたが結婚する日がきたら、お嫁さんにあげてください」と言った。良太は頭を深々と下げて受け取った。

間もなくハルの息子が戦死し、戦争が終わって夫が左脚を怪我して帰ってきた。

それから五十年がたち、ハルは九十一歳になったが、まだ畑に出て仕事をした。夫は二十年前に亡くなっていた。冬のある晴れた日、ハルの家へ初老の夫婦がたずねてきた。男のほうは高価な外套《がいとう》を着て頭が白髪で眼鏡をかけ、女も上品な和服姿だった。玄関へ出たハルに向かって初老の男が「ぼくです、良太です」と言った。ハルは一瞬、眼を丸くして口をあけて男を見ていたあと喉の奥で「ああっ」と小さく叫ぶと、その場へ沈むように座り込んでしまった。あのとき十六歳だった少年が、六十六歳になって姿を見せたのだった。

良太は新潟へ帰ったあとしばらくして中学校の校長や市の教育長の仕事について忙しくなり、きょうまでおうかがいできなかった、いまやっとくることができてほんとに嬉しい、という意味のことを言った。そう話したあと良太はハルに向かい、自分の後ろに立っている女を指差して「ぼくの妻です。妻が履いている雪下駄、あのときいただいたものです。見てもらいに参りました」と言った。

ハルは良太の奥さんの履いている雪下駄に眼をやったあと両手で顔をおおい、声を上げて泣き出した。

風呂で

ぼくはいま週に一、二回、多いときには三回くらい街の銭湯《せんとう》へ通っている。自分がとくべつ風呂好きとは思わないし、家には一応、狭いながらも風呂があるわけだから、銭湯の広い空間が好きなのかもしれない。

あるいは貧乏人のぼくとしては、裸になる風呂では身分や地位、学歴、財産とかが消えてしまう気がして、それが愉快なのかもしれない。ひねくれ者なのだろう。

いつか読んだ本で、風呂の入り方でその人の生まれ育ちから人格までわかると書かれてあってギョッとした。なにせぼくは山奥の貧乏農家に生まれて乱暴な母に怒鳴られ叩かれして育ち、言葉づかいも立ち居振る舞いも風呂の入り方もろくに教えてもらわなかったからだ。

ぼくが初めて湯に入ったのは、生まれたとき父がつかわせてくれた産湯《うぶゆ》だ。貧乏な炭焼《すみや》きだった父は助産婦さんを頼むおカネがないため、産気づいた女房を筵《むしろ》の上に寝かせ、その股ぐらに屈み込んで六人の子供全員を自分でとり上げたそうだ。

ぼくは五、六歳までずっと父と風呂へ入った。母屋の裏にあった掘っ立て小屋の五《ご》右衛門《えもん》風呂は、壁板の隙間から吹き込んでくる雨や雪が頭にかかって面白かった。晴れた夜は天井の柾屋根《まさやね》の破れ穴から満月や星が見え、その美しさに見とれて湯あたりした。

そのころの一番の苦痛は風呂から上がる前、父に首まで湯に入れられ「百までかぞえろ」と言われたことだ。まだちゃんと数などかぞえられない山ザルじみた五歳のガキが、つっかえつっかえ百までかぞえているうちに頭がぼおっとのぼせてしまった。

ぼくは十五歳で都会の高校の寄宿舎へ入った。そこで田舎出の無作法なぼくは上級生に厳しくしつけられた。廊下の歩き方、夜具のたたみ方、食事どきの箸《はし》や茶碗の持ち方。とくに挨拶《あいさつ》に厳格で、たとえば朝、廊下で上級生に会うとぼくら一年生は立ちどまって頭を深く下げて挨拶する。しかしそのあと同じ人と一日に五回会うと五回ともちゃんと挨拶しなければならなかった。六十八人いる寮生のうち上級生の二年生と三年生が四十人ほどだから、ぼくら一年生は多いときは一日に六十回も挨拶するわけで、とても忙しかった。

寄宿舎の風呂は週に一回沸かされた。湯船は五人も入ればいっぱいで、洗い場も五、六人座るのがやっとだった。

初めのころ入浴開始の五時きっかりに行って裸になると、あとからきた三年生に「こらっ一年生、上級生より先に入る馬鹿がどこにいる。おまえどういう親に育てられたんだ！」と怒鳴られた。ぼくは仕方なくもう一度服を着て部屋へ戻り、出直した。

風呂場へ入るときは必ず中の者に挨拶しろと言われたし、中にいる上級生にはそれが自分の部屋の先輩でなくても「背中流しますか」と言わなければならなかった。「背中流しますか」という質問のかたちでは怒られた。

「お、頼む」とその上級生が言い、ぼくは一度も湯船に入らないままその上級生の背後に回る。彼がよこしたタオルをきつく絞り強く捩《ねじ》る。そのタオルで背中の腰の下から上へ向けて皮膚をこすり上げるのである。この強さのかげんがむずかしく、強過ぎると「こらっ痛いぞ、農家の出だからって馬鹿力出すな！」と怒鳴られたし、こする力が弱いと「農家の出のくせに、そんな力しか出ないのか！」と怒鳴られた。

腰から首までまんべんなくタオルで皮膚が赤くなるまでこすり上げると、ぼくは汗まみれになった。そのあとタオルに石鹸《せっけん》をつけて皮膚をやさしく洗い流し、最後に背中へぬるま湯をかけて終わる。

途中で風呂場へ入ってきた一年生がいきなり片脚を湯船へ入れ、同時にタオルも湯船にひたしかけ、湯船にしゃがんでいた三年生が「こらっ、股間《こかん》を洗わないで風呂へ入る馬鹿がどこにいる。湯を飛ばすな！　おまえどんな親に育てられたんだ。タオルを湯に入れるな！」と怒鳴った。

一人の先輩の背中を流し終わったぼくが湯船へ入ろうとしたとき、別の三年生が入ってきた。仕方なくぼくはその先輩にも「背中流します」と言い、彼に「お、頼む。一回湯につかるから待ってろ」と言われ、ぼくは風呂場のすみに突っ立って待った。

誰かが風呂場から出て行きかけたとき、湯につかっていたその先輩が「こらっ二年生、使った桶《おけ》を洗って伏せてけ！」と怒鳴った。

ぼくはその日、つづけざまに三人の上級生の背中を流しただけで、一度も湯船に入らず自分の体も洗わないで風呂場から出たのだった。もちろん教えられたとおり「お先に失礼します。どうぞごゆっくり」と挨拶した。

それから六十年がたち、あのとき十五歳のぼくが寄宿舎の風呂で教わったことを思う。それは世の中は人と人のかかわりで成り立っているということと、人間はひとりでは生きられないということだ。

ぼくの贅沢

八歳ころの雪解けだった。裏山の斜面に残った雪の間から出た黒土に黄金色の福寿草がのぞくころ、山奥の村へニシン売りのオート三輪がきた。オホーツク海の紋別《もんべつ》から魚箱を満載してきた車で、ぼくの家の前にもとまる。ぼくの父母は山ぎわで畑起こしをしていた。

オート三輪から降りた捩《ねじ》り鉢巻《はちまき》の男が父母に向かい「おーい、なんぼ置いてくやあ」と叫ぶ。父がプラウをひいている馬をとめ「適当に置いてけやあ」と喚《わめ》き返した。ニシン売りの男は五つ六つの魚箱を道端へ放り出すと、また運転席へ飛び乗って村の道を奥へ向かって走って行った。代金は秋にとれる大豆や小麦で払うのだ。

その日の午後は家族ぐるみでニシンの腹を開いて家の軒下《のきした》へ吊し、カズノコは地面へ敷いた筵《むしろ》の上へ干した。その夕食からご飯のおかずはニシンの焼いたのだけになる。父は三匹も食べた。それから一週間ほどは朝昼晩の三食、おかずはニシンだけだった。

しかし飽《あ》きなかった。オート三輪はマガレイやサンマ、タラ、イカも売りにきた。長兄は太ったサンマを一回に六匹も食べて腹痛《はらいた》を起こし、一晩じゅう唸《うな》りながら転げ回っていた。ホタテは家の裏に高さ一メートルもの貝塚ができたほど食べた。ぼくの異常なほどの魚好きは、そのころ定着したものだろう。

食べ物はその人の嗜好《しこう》だから他人がとやかく言えないが、近ごろ北海道に住む人の魚ばなれが進んでいると聞いてがっかりする。北海道はわが国でとれる魚の四分の一を水揚げする水産王国で、オホーツク海と太平洋、日本海、津軽海峡の四つの海をもつうえ、根室《ねむろ》海峡は世界三大漁場の一つなのだ。海水が冷たいため魚に脂がのっておいしくなる。ここに住んで魚を食べないてはない、とぼくは思うわけだ。

魚を食べなくなった理由を聞いてびっくりした。調理の仕方がわからないというのは、鮮魚売り場が売る人と客の対面式でなくなって調理の方法を聞けなくなったことや、核家族で親などから教えてもらえなくなったせいもあるだろう。だが魚を調理すると台所や部屋に魚のにおいが残っていやだとか、内臓や骨を捨てるのがめんどうくさいから魚を食べないというのには参った。これはもうどうしようもない。

また最近の学校給食で、子供が魚の骨を飲んでは危険だし、子供らが骨を取るのをめんどうくさがって魚を食べないため頭も尻尾も大骨、小骨もきれいに取り除いて食べさせているところもあるそうだ。子供たちに骨を取ることやよく噛むことを教えないで、魚のほうの骨を抜くというのはいかにも現代的だ。ともあれ頭や尻尾、内臓を取って肉の塊になった魚はいかにもせつない。やはり泳いでいたときの美しい姿を見てからいただきたいと、ぼくは思う。

本州のある大都市の団地マンションに入居している住民会が、団地内でサンマを焼くのを禁じる決議をしたという記事を読んだことがある。においで団地住民が迷惑しているからだという。サンマを焼くにおいが嫌いな人がいる以上、仕方のない手段かもしれないが、みんなでほかの手だてを考えてみたものかどうか。

ぼくはその日暮らしの貧乏人だが食べ物と酒に使うおカネは惜しくない。住む所は寝る場所と書斎があればいいし着る物は寒くなければ何でもいいから、おいしい物を食べたい。とくに魚は毎日、二種類は食べたい。

まずぼくは一月初め、店頭に春ニシンが出るとすぐ食べる。カズノコ入りを毎日一匹ずつ三月まで百匹は食べる。夏の終わりから出はじめるサンマも毎日一匹ずつ焼いて食べる。ほかに妻が週に一回ほど十匹ずつ買ってきて煮て食べるから、半年に二人で数百匹のサンマは食べる。十一月末ころから子持ちハタハタを一日に一匹、一カ月ほど食べる。

北洋ものの紅ジャケは三百六十五日間、朝食に欠かさず食べる。そういうと知人は、貧乏人のくせに贅沢だ、けしからんと非難するが、ぼくはそうは思わない。

なぜならぼくは住居は築二十八年のボロ家に住み、背広は二十年前に作ったのを着つづけ、下着も靴下も破れて穴があいても穿《は》き、靴も踵《かかと》がすり減っても履《は》いている。車は十万キロ以上乗ってるボロ車で、暖房も灯油は高いから薪《まき》も焚《た》いている。家のまわりの雪はねも除雪機を買わずプラスチックのスコップでやる。二十歳のときから一日に八十本から九十本吸ってきた煙草《たばこ》をやめた。ゴルフもしないし賭《か》けごとも釣りも登山も船あそびもしない。聞くところによると親しい女友達をもつと一カ月に三十万円も入り用らしいが、ぼくにはそんなこともない。

ぼくが食べる一切れ五百円の北洋もの高級紅ジャケの切り身を二日で一切れ食べると、一年で九万円ちょっとになり、確かに大金《たいきん》だ。しかしこれが身分不相応の贅沢だとしても、ぼくは貧乏農家に生まれ十九歳から身を粉《こ》にして死にものぐるいで働いてきた哀れな老人だ。わずかな年金で余命をつなぐ、いつ死ぬかわからない末期高齢者である。これくらいの贅沢は許されていいのではないだろうか。

四時間半

待つのにもいろいろあって、恋人と会う日がくるのを待つとか旅行に出発する日が待ち遠しいなど比較的に楽しいこともあるが、不合格かもしれない試験の結果を待つとか借りられるかどうかわからない借金の知らせを待つなど、つらい待ち方もある。いずれにしても待っている時間は心の中を期待と不安が錯綜《さくそう》し、複雑に揺れつづけるものだ。ぼくもこれまで、ずっと待ってばかりいた気がするほど待つことに埋め尽くされた七十年間に思えるが、けっきょく人生とはそんなものなのだろう。

待つことによって人間は鍛えられ成長するというし、たぶんそうに違いないが、ぼくは思慮深くない人間だから、待ってひねくれてしまったかもしれないと心配だ。

小学校一年生のときぼくは父に、スキーを買ってほしいと言った。父は、よし買ってやると言い、ぼくはその日から毎日々々、今日か明日かと待った。一年たっても二年たっても買ってくれなかったが、うちは貧乏でおカネがないことがわかっているから催促《さいそく》するわけにもいかない。しかし待ちつづけるうちに、待つのが楽しくなった。けっきょくスキーは六年後に買ってもらえた。もちろん嬉しかったが、待ちくたびれて疲れた。

ぼくが入った高校は工業高校で、男子千人の中に女子生徒は三人しかいなかった。ぼくのいる寄宿舎は畑の真ん中にあり、男の生徒ばかり六十八人だから半月も一カ月も街へ行かないでいると、女の人は寄宿舎の賄《まかな》いの小母《おば》さんしか見ることがなかった。

高校一年の終わりごろのある日、友達に誘われて女子の多い高校の学校祭へ行き、ぼくはきれいな女の子と知り合った。その晩からすぐ勉強そっちのけで二日がかりで彼女へのラブレターを書いて出した。

次の日から毎日、学校から帰るとまず賄いの小母さんのところへ、ぼくに手紙がきていないかどうか聞きに行ったが、こなかった。

だが二カ月ぐらいたつと、勉強は相変わらず嫌いで面白くなかったが、彼女からの手紙を待つのが一日の目的になって毎日が楽しかった。

けっきょく高校を卒業するまで二年間待ちつづけたが、彼女から手紙はこなかった。

ぼくは二十七歳のころ東京に住んでいた。ある日、若い女性と新宿・歌舞伎町にある「田園」という喫茶店で待ち合わせた。五日前にふとしたことで知り合ったばかりで、まだ彼女の名前も年齢も住所も電話番号も知らなかった。どこかに勤めているのかどうかもわからなかった。

約束の日、ぼくは彼女と会うため会社から前借りをして理髪店へ行き、髪をリーゼントにした。次に質屋に入れていた一張羅《いっちょうら》の背広を出してきた。もちろん彼女とのコーヒー代や食事代のぶんも前借りしておいたから、次の月の給料はもらいぶんがないはずで、来月もまたすぐ前借りしなければならなかった。

しかし女と会うのだ、前借りぐらい何回でもするつもりだった。

その日ぼくは五時半に、喜び勇んで喫茶店へ行った。胸が躍った。だが六時の約束が七時になっても八時になっても女性はこない。ぼくは苛々《いらいら》しながら待ちつづけた。自分の眼が血走るのがわかった。連絡しようにも彼女の住んでいるところも電話もわからない。きょう会えないと、もう二度と会うことはできないはずだった。

九時になったとき、ぼくは怒りのあまり唸《うな》りながら喫茶店を飛び出した。彼女は初めからぼくと会う気などなかったのだ、からかわれたのだと思った。自分の馬鹿さかげんに腹が立ち、ぼくは近くの焼き鳥屋へ入って冷や酒をあおった。

そのとき突然、もしかすると、ぼくが彼女に指定した喫茶店は「田園」ではなく「上高地《かみこうち》」ではなかったかと気づいた。息が詰まった。

ぼくは焼き鳥屋を飛び出すと、「田園」から二百メートルほど離れたところにある「上高地」へ走った。腕時計は十時を回っている。

息を切らせて「上高地」へ走り込むと、彼女はいた。四時間半も待っていたのだ。その眼が濡れていた。ぼくを見ると大急ぎで涙をぬぐった。


その女性がいまのぼくの妻だ。

結婚して四十五年たち、たまにぼくが「もしあのとき俺《おれ》たちが携帯電話でも持って連絡を取り合い、五分遅れぐらいで会ってたとしたら、俺たちどうなってただろうと思うことがあるんだ。もしかすると、四時間半待つことがなかったら、俺たち結婚してなかったかもしれないな」と言うと、妻も「たぶんね」と笑う。

酒が生きがい

やっと、ぼくの生きがいは酒を飲むことだけになった。若いころは物書きになりたい、それが駄目なら何でもいいから有名になりたい、おカネもほしい女性にもてたいと恥ずかしいほど欲が多かった。

その欲が六十五歳過ぎてから一つずつ消えてゆき酒だけが残った。醜い欲を消してくれるという意味で、老いはすばらしい成長だと感じた。もちろんいま、物を書くことや旅やうまい物を食べるのも楽しいが、酒のよろこびに比べれば問題にならないくらい微小だ。

しかし酒を生きがいにはしたが肝臓や脳がやられるのが怖い。それで二十年前から一週間に一回、酒アケ日というのを設定してきたのだが、これを実行するのが難儀なのだ。

ここ二十年間、ぼくは毎月の初めに茶の間の壁に貼ってあるカレンダーの日付を、一週間に一回ほどの間隔で赤丸で囲んできた。酒をアケる日の印だ。赤丸を太いサインペンで大きな二重丸にするのは、小さい丸では気持ちが萎《な》えて酒をアケられないのではないかという不安のあらわれで、つまりぼくの意志が弱い証拠で情けない。

そうした三年前のこと、人間ドックで膵臓《すいぞう》におかしなものがあるから病院で再検査しろと言われて飛び上がった。その帰り本屋へ寄って家庭医学事典を開くと、まず膵臓の病気は酒を飲むなと書いてあって驚いた。膵臓は胃の裏側にあって調べにくく、たとえばガンとわかったときは手遅れだと書かれていてショックを受けた。

大病院で検査の結果、膵臓に水たまりのようなものがあるがよくわからないので様子を見る、一年後に再検査と言われた。それから一年間、怯《おび》えながら少なめに酒を飲みつづけた。次の年の検査でも症状は変わらず、また一年後に検査と言われた。ぼくは思いきって医師に酒を飲んでいいかどうか聞いた。すると医師は「いいですよ」と言い、ぼくは思わず顔に笑みを浮かべてしまった。カルテを見ていた医師がいきなりぼくを見「無制限ではないですよ」と怒り、ぼくは首をすくめた。

そしてつづける酒アケ日の朝、娘がぼくに「きょう酒アケ日でしょ」と言う。どうしてと聞くと「暗いから、すぐわかるよ」と言う。ぼくが酒をアケる日は、家族はもちろん他人にもわかるというのだから情けない。しかし酒アケ日は何の目的もないのだから暗いのは仕方ない。妻が「一週間に六日間も飲めるのに、一日アケるくらいでどうしてそんなに暗い顔をするの」と軽蔑した眼でぼくを見るが、そのとおりだから弁解しようもない。

反対に酒を飲める日は朝から自分でも陽気で明るく振る舞うのがわかる。書斎へ向かう足取りも軽く散歩の動きも軽快だ。

ともあれ元来が意志の弱いぼくのこと、赤丸どおりにいかないことが多い。酒アケ日当日になってすこぶる体調が良く、かつ空が晴れて太陽の光が黄金色のときなど迷いが生じる。迷いつつ一日を過ごし、夕方の四時に決着をつける。

あと十年も生きられないかもしれないのだぞ、週に一回アケると一年に五十日、十年で五百日も酒を飲まないのだぞ、こんな天気のいい日に、体調に何の問題もないのに酒をアケるのは馬鹿だろ、と思うのである。

さらに自分に向かい、一カ月前の人間ドックでは肝機能も血圧も糖尿も何の問題もなかったんだ、膵臓も二年間何の変化もないんだ、ただの水たまりだ、何を恐れているのだ、カネをためることも名声も諦《あきら》めたいま酒だけがおまえの生きがいだろ、何を迷うのだ、さあ飲め、とぼくの愚かな心が自分をけしかけるのである。けしかけながら怯えている。

けっきょくぼくはまたしても自分の弱さに敗《ま》けて午後五時、その日のカレンダーの赤丸を消して次の日に付け替えるのである。この酒アケ日の、朝から夕方までの十時間近くの自分との闘いで、いつも五キロほど痩《や》せた気がするほど疲労する。

ともあれぼくはこうした死にものぐるいの闘いによって、何とかかんとか一年に五十日ほどの酒を飲まない日を獲得しているのだ。自分ながらたいしたものだと思う。


ことしの八月もまた膵臓の検査を受けた。この一年間、膵臓のことを気にしながらの、じつにあやふやな気分での飲酒だったが、酒はうまかった。

一年ぶり、三回目の膵臓検査の結果、医師は「単なる水たまりのようだ、すべての制限を解きます。一年半後に調べましょう」と言った。思わずぼくは「酒、なんぼ飲んでもいいんですか」と聞いた。聞いてから自分の問いの愚かさにびっくりしたが、とにかく嬉しかった。医師はむずかしい顔で「制限ありません」と言った。つまりはなんぼ飲んでもいいわけだ。

ぼくは喜びを顔に出さないよう用心しながら医師に最敬礼をし、廊下へ出た。そのとたん大声で歓声を上げそうになり、必死にこらえた。老いは面白い。

後記

いま日本人が考えていることはおカネと長生きだという。社会を支配しているのは経済と科学で、文化も政治もないように見える。世の中は嫉妬と中傷の洪水だ。人と人の関係が消滅し、人は孤独の闇へ落ちていく。

これらはおカネを神にした結果だと、ぼくも思う。思うが物書きふぜいのぼくあたりにどうしたらいいかの知恵が浮かぶはずもない。

ただ漠然とだが、まだ良心と善意があるさと思う。すべての人間が心のはしに必ずもっている善意をいつくしみ育てることで、他人を思いやる心がよみがえるに違いないという希望だ。

この本におさめた文章は、ぼくが出会った人々の心にあった善意に触れることで生まれました。万謝。愚かなぼくの個人的な呟《つぶや》きじみた恥ずかしいところは、心からお詫《わ》びします。

このエッセイ集には現在ぼくがJR車内誌「THE　JR　Hokkaido」に連載中の「人生讃歌」の四十六回までを中心に収載しました。同車内誌には今後、四十七回以降も連載させていただきますので、引き続きお読みいただければ光栄に思います。

ぼくの拙文の連載を強くお薦《すす》めくださったJR北海道相談役の坂本眞一氏とJR北海道広報部専任部長の仙北屋《せんぼくや》正明氏の両氏には、ことさらの深い感謝と敬意をこめてお礼申し上げます。ありがとうございます。

また車内誌を作っていらっしゃる北海道ジェイ・アール・エージェンシー社長の石見誠嗣氏と編集部の池田隆氏には、ぼくの乱雑な文へのお心づかい深く感謝します。

今回もまた見事な本を作ってくださった河出書房新社の太田美穂さんとは二十年以上のお付き合いになりました。小説集、エッセイ集など何冊もの単行本を作っていただいたうえ、長いこと酒と歌をお付き合いくださったことにも厚くお礼申し上げます。

二〇一二年六月

小檜山　博

文庫版後記

本州の大都市での夕方、地下鉄のホームで電車を待っていた。電車が入ってきたとき、それまでホームでうろうろしていた高校生の制服を着た二人の女の子が、ぼくが並んでいる列の一番前へ割り込もうとした。

そのとき前から三人目に並んでいた中年の女性が「ちょっと、ちょっと、お嬢さん、後ろへ並びましょう」と言った。おだやかに話そうと気づかっている喋《しゃべ》り方だった。二人の女の子が中年女性を振り向き、一人が「うるせえんだよお、くそババア、ぶち殺されんだよお、調子に乗ってっと」と言ったのだ。

電車が停車して二人の女の子が走り込んで行って座席へ座り、中年女性は電車に乗らずホームを歩いて行った。ぼくもその電車に乗るのをやめた。

つい先日、妻と二人で親しい友人の病気見舞いに隣町の病院へ向かった。電車を降りて駅の裏側に出、住宅街にあるというその病院を探して行ったり来たりしたが見当たらない。

しばらくうろうろしていると、駅のほうからきた下校途中と思われる中学生らしい女の子が横を通り過ぎて行った。

彼女は十メートルほど行ったところで立ちどまり、こっちへ戻ってきた。

そしてぼくらに「何かお困りでしょうか？」と言ったのだ。


このたび『人生讃歌』を文庫にしてくださるという。ありがたいことである。いまの世の中をことさら悲観的に見るつもりはないが、いろいろやるせない場面に出合うと、つい憂鬱《ゆううつ》になってしまう。

おどおどしつつだが、この本で世の中にはいい場面もあることを伝えられたら嬉しい。

河出書房新社と編集者の太田美穂さんに感謝する。

二〇一六年八月

小檜山　博

＊本書は二〇一二年七月、単行本として河出書房新社より刊行されました。

人生讃歌《じんせいさんか》

二〇一六年 九 月一〇日 初版印刷
二〇一六年 九 月二〇日 初版発行

著　者　小檜山博《こひやまはく》
発行者　小野寺優
発行所　株式会社河出書房新社
〒一五一-〇〇五一
東京都渋谷区千駄ヶ谷二-三二-二
電話〇三-三四〇四-八六一一（編集）
〇三-三四〇四-一二〇一（営業）
http://www.kawade.co.jp/

ロゴ・表紙デザイン　粟津潔
本文フォーマット　佐々木暁
本文組版　KAWADE DTP WORKS
印刷・製本　中央精版印刷株式会社

Printed in Japan ISBN978-4-309-41478-2

歌謡曲春夏秋冬　音楽と文楽

阿久悠　40912-2

歌謡曲に使われた言葉は、時代の中でどう歌われ、役割を変えてきたのか。「東京」「殺人」「心中」等、百のキーワードを挙げ、言葉痩せた今の日本に、息づく言葉の再生を求めた、稀代の作詞家による集大成！

映画を食べる

池波正太郎　40713-5

映画通・食通で知られる〈鬼平犯科帳〉の著者による映画エッセイ集の、初めての文庫化。幼い頃のチャンバラ、無声映画の思い出から、フェリーニ、ニューシネマ、古今東西の名画の数々を味わい尽くす。

巷談辞典

井上ひさし〔文〕　山藤章二〔画〕　41201-6

漢字四字の成句をお題に、井上ひさしが縦横無尽、自由自在に世の中を考察した爆笑必至のエッセイ。「夕刊フジ」の「百回連載」として毎日生み出された110編と、山藤章二の傑作イラストをたっぷり収録。

新東海道五十三次

井上ひさし／山藤章二　41207-8

奇才・井上ひさしと山藤章二がコンビを組んで挑むは『東海道中膝栗毛』。古今東西の資料をひもときながら、歴史はもちろん、日本語から外国語、果ては下の話まで、縦横無尽な思考で東海道を駆け巡る！

いつも異国の空の下

石井好子　41132-3

パリを拠点にヨーロッパ各地、米国、革命前の狂騒のキューバまで——戦後の占領下に日本を飛び出し、契約書一枚で「世界を三周」、歌い歩いた八年間の移動と闘いの日々の記録。

女ひとりの巴里ぐらし

石井好子　41116-3

キャバレー文化華やかな一九五〇年代のパリ、モンマルトルで一年間主役をはった著者の自伝的エッセイ。楽屋での芸人たちの悲喜交々、下町風情の残る街での暮らしぶりを生き生きと綴る。三島由紀夫推薦。

自己流園芸ベランダ派

いとうせいこう　41303-7

「試しては枯らし、枯らしては試す」。都会の小さなベランダで営まれる植物の奇跡に一喜一憂、右往左往。生命のサイクルに感謝して今日も水をやる。名著『ボタニカル・ライフ』に続く植物エッセイ。

小説の聖典《バイブル》　漫談で読む文学入門

いとうせいこう×奥泉光＋渡部直己　41186-6

読んでもおもしろい、書いてもおもしろい。不思議な小説の魅力を作家二人が漫談スタイルでボケてツッコむ！　笑って泣いて、読んで書いて。そこに小説がある限り……。

狐狸庵食道楽

遠藤周作　40827-9

遠藤周作没後十年。食と酒をテーマにまとめた初エッセイ。真の食通とは？　料理の切れ味とは？　名店の選び方とは？「違いのわかる男」狐狸庵流食の楽しみ方、酒の飲み方を味わい深く描いた絶品の数々！

狐狸庵交遊録

遠藤周作　40811-8

類い希なる好奇心とユーモアで人々を笑いの渦に巻き込んだ狐狸庵先生。文壇関係のみならず、多彩な友人達とのエピソードを記した抱腹絶倒のエッセイ。阿川弘之氏との未発表往復書簡収録。

狐狸庵人生論

遠藤周作　40940-5

人生にはひとつとして無駄なものはない。挫折こそが生きる意味を教えてくれるのだ。マイナスをプラスに変えられた時、人は「かなり、うまく、生きた」と思えるはずである。勇気と感動を与える名エッセイ！

狐狸庵動物記

遠藤周作　40845-3

満州犬・クロとの悲しい別れ、フランス留学時代の孤独をなぐさめてくれた猿……。楽しい時も悲しい時も、動物たちはつねに人生の相棒だった。狐狸庵と動物たちとの心あたたまる交流を描くエッセイ三十八篇。

大野晋の日本語相談

大野晋　41271-9

一ケ月の「ケ」はなぜ「か」と読む？　なぜアルは動詞なのにナイは形容詞？　日本人は外国語学習が下手なの？　読者の素朴な疑問87に日本語の泰斗が名回答。最高の日本語教室。

日本人の神

大野晋　41265-8

日本語の「神」という言葉は、どのような内容を指し、どのように使われてきたのか？　西欧のGodやゼウス、インドの仏とはどう違うのか？　言葉の由来とともに日本人の精神史を探求した名著。

大人のロンドン散歩　在英40年だから知っている魅力の街角

加藤節雄　41147-7

ロンドン在住40年、フォトジャーナリストとして活躍する著者による街歩きエッセイ。ガイドブックにはない名所も紹介。70点余の写真も交えながら、歴史豊かで大人の雰囲気を楽しめる。文庫書き下ろし。

わたしの週末なごみ旅

岸本葉子　41168-2

著者の愛する古びたものをめぐりながら、旅や家族の記憶に分け入ったエッセイと写真の『ちょっと古びたものが好き』、柴又など、都内の楽しい週末“ゆる旅”エッセイ集、『週末ゆる散歩』の二冊を収録！

私の部屋のポプリ

熊井明子　41128-6

多くの女性に読みつがれてきた、伝説のエッセイ待望の文庫化！　夢見ることを忘れないで……と語りかける著者のまなざしは優しい。

読み解き　源氏物語

近藤富枝　40907-8

美しいものこそすべて……。『源氏物語』千年紀を迎え、千年前には世界のどこにも、これほど完成された大河小説はなかったことを改めて認識し、もっと面白く味わうための泰斗の研究家による絶好の案内書！

愛別外猫雑記

笙野頼子　40775-3

猫のために都内のマンションを引き払い、千葉に家を買ったものの、そこも猫たちの安住の地でなかった。猫たちのために新しい闘いが始まる。涙と笑いで読む者の胸を熱くする愛猫奮闘記。全ての愛猫家必読！

優雅で感傷的な日本野球

高橋源一郎　40802-6

一九八五年、阪神タイガースは本当に優勝したのだろうか——イチローも松井もいなかったあの時代、言葉と意味の彼方に新しいリリシズムの世界を切りひらいた第一回三島由紀夫賞受賞作が新装版で今甦る。

表参道のヤッコさん

高橋靖子　41140-8

新しいもの、知らない空気に触れたい——普通の少女が、デヴィッド・ボウイやT・レックスも手がけた日本第一号のフリーランスのスタイリストになるまで！　六十〜七十年代のカルチャー満載。

新・書を捨てよ、町へ出よう

寺山修司　40803-3

書物狂いの青年期に歌人として鮮烈なデビューを飾り、古今東西の書物に精通した著者が言葉と思想の再生のためにあえて時代と自己に向けて放った普遍的なアジテーション。エッセイスト・寺山修司の代表作。

本の背中　本の顔

出久根達郎　40853-8

小津文献の白眉、井戸とみち、稲生物怪録、三分間の詐欺師、カバヤ児童文庫……といった（古）本の話題満載。「四十年振りの大雪」になぜ情報局はクレームをつけたのか？　といった謎を解明する本にも迫る。

四百字のデッサン

野見山暁治　41176-7

少年期の福岡での人々、藤田嗣治、戦後混沌期の画家や詩人たち、パリで会った椎名其二、義弟田中小実昌、同期生駒井哲郎。めぐり会った人々の姿と影を鮮明に捉える第二六回エッセイスト・クラブ賞受賞作。

妖怪になりたい
水木しげる　40694-7

ひとりだけ落第したのはなぜだったのか？　生まれ変わりは本当なのか？　そしてつげ義春や池上遼一とはいつ出会ったのか？　深くて魅力的な水木しげるのエッセイを集成したファン待望の一冊。

幸田文のマッチ箱
村松友視　40949-8

母の死、父・露伴から受けた厳しい躾。そこから浮かび上がる「渾身」の姿。作家・幸田文はどのように形成されていったのか。その作品と場所を綿密に探りつつ、〈幸田文〉世界の真髄にせまる書き下ろし！

淳之介流　やわらかい約束
村松友視　41003-6

文壇の寵児として第一線を歩み続け、その華やかな生涯で知られた吉行淳之介。人々を魅了したダンディズムの奥底にあるものは？　吉行氏と深く交流してきた著者による渾身の書き下ろし！

おとなの小論文教室。
山田ズーニー　40946-7

「おとなの小論文教室。」は、自分の頭で考え、自分の想いを、自分の言葉で表現したいという人に、「考える」機会と勇気、小さな技術を提出する、全く新しい読み物。「ほぼ日」連載時から話題のコラム集。

人生作法入門
山口瞳　41110-1

「人生の達人」による、大人になるための体験的人生読本。品性を大切にしっかり背筋を伸ばして生きていきたいあなたに。生き方の様々なヒントに満ちたエッセイ集。

七十五度目の長崎行き
吉村昭　41196-5

単行本未収録エッセイ集として刊行された本の文庫化。取材の鬼であった記録文学者の、旅先でのエピソードを収攬。北海道〜沖縄に到る執念の記録。